# 알고 보면 반할 꽃시

한시로 읽는 우리 꽃 이야기

**성범중** | 서울대에서 한국한문학을 공부하고 울산대에서 고전문학과 한문학을 가르쳤다. 한국한시학회장과 울산교육연구회장을 역임했다. 저·역서로 『역주 목은시고』(전 12책, 공역), 『한시로 여는 아침』, 『한시 속의 울산 산책』 등이 있다.

**안순태** | 서울대에서 한국고전문학을 공부하고 울산대에서 고전문학을 가르치고 있다. 한국한시학회, 국문학회 등의 이사로 활동하고 있다. 저·역서로 『남공철 산문 연구』, 『작은 것의 아름다움』(번역), 『생생 한국 문화』 등이 있다.

**노경희** | 서울대와 교토대에서 동아시아 비교문학을 공부하고 울산대에서 고전문학을 가르치고 있다. 한국한시학회, 한국한문학회 등의 이사로 활동하고 있다. 저·역서로 『17세기 전반기 한중 문학교류』, 『울산의 쟁이들』, 『에도의 독서열』(번역) 등이 있다.

표지 그림: 플로렌스 헤들스턴 크레인Florence-Hedleston Crane의 『머나먼 한국의 야생화와 이야기 Flowers and Folk-Lore from Far Korea』(Tokyo: The Sanseido Co., 1931) 중에서

# 알고 보면 반할 꽃시
한시로 읽는 우리 꽃 이야기

초판 1쇄 발행   2023년 3월 1일
초판 2쇄 발행   2023년 4월 1일

지은이 | 성범중 안순태 노경희

펴낸곳 | (주)태학사
등록 | 제406-2020-000008호
주소 | 경기도 파주시 광인사길 217
전화 | 031-955-7580
전송 | 031-955-0910
전자우편 | thspub@daum.net
홈페이지 | www.thaehaksa.com

편집 | 조윤형 여미숙 김선정
디자인 | 이영아
마케팅 | 김일신
경영지원 | 김영지
인쇄·제책 | 영신사

ⓒ 성범중 안순태 노경희, 2023. Printed in Korea.

값 19,500원

ISBN 979-11-6810-129-6  03810

책임편집 조윤형
북디자인 이윤경

# 알고　보면
# 반할　꽃詩

성범중
안순태
노경희

한시로 읽는
우리 꽃 이야기

태학사

초여름이면 연보랏빛의 작은 오동꽃들이 하늘을 향해 피어난다. 나는 오동꽃이 어떤 꽃인지 전혀 모르다가 어느 날 그 이름을 알고 난 이후, 이제는 여름이 시작되면 다니는 곳마다 오동꽃을 발견하고는 아는 척을 한다. 그 꽃들을 보면서 우리나라에 오동나무가 그토록 많다는 사실도 새삼 깨달았다. 딸을 낳으면 오동나무를 심어 그 딸이 시집갈 무렵 나무를 베어 장을 짜 준다는 말이 그냥 나온 것이 아니었다.

　서울에서 줄곧 자란 전형적인 도시인으로 나는 장미·백합·프리지어·모란·작약같이 꽃집에서 파는 꽃들만 알고 있었다. 산과 들판에서 마주치는 꽃들은 개나리·진달래·철쭉·민들레·코스모스 정도나 간신히 알아볼 뿐 대부분은 내게 그저 '이름 모를 들꽃'이었다. 살구·복숭아·배·자두·사과 같은 과일들도 먹을 줄만 알았지 그 열매를 맺기 위해 꽃이 먼저 피었다는 사실은 생각도 않고 살아왔다.

내가 오동꽃과 목화꽃·모과꽃·자두꽃·배꽃·감국甘菊의 존재를 알게 된 것은 울산에 내려온 이후의 일이다. 이 꽃들이 필 때마다 꽃을 가리키며 이름을 알려 주신 분이 바로 울산대학교 국어국문학부에서 30여 년 동안 한시를 가르치신 성범중 선생님이다. 상주에서 나고 자란 성범중 선생님은 어린 시절 농사를 지었기에 온갖 종류의 꽃과 열매, 풀과 나무 이름을 자세히 알고 있었다.

성범중 선생님에게 꽃 이름을 배우면서 매년 봄이면 꽃들이 차례차례 피어나기를 기다리게 되었다. 겨울에는 꽃을 기다리고, 봄에는 꽃을 감상하고, 가을에 열매가 맺히면 다시 봄에 피었던 꽃을 추억하였다. 놀랍게도 주변의 흔한 꽃 이름 하나를 더 아는 것만으로 내 세계는 더 아름답고 풍요로워졌다. 그리고 깨달았다. '옛날 사람들은 이렇게 소소한 자연의 변화에 섬세하게 반응하면서 일상에 소박한 풍요를 더하며 살아왔구나.'라는 삶의 작은 비밀을.

이 책은 울산대학교 국어국문학부에서 고전문학을 가르치는 세 명의 동료가 모여, 이제 정년을 맞아 새로운 인생을 시작하는 성범중 선생님을 축하하며 만든 책이다. 한 해의 시작인 동백꽃 필 무렵부터 늦가을 마지막 국화꽃이 질 때까지 우리는 매주 모여 아름다운 '꽃시'를 감상하고 꽃에 대한 이야기와 그림들을 뒤적였다. 각종 문헌 속의 꽃과 관련된 세시풍속들을 찾으며 우리 조상들의 삶 속에서 꽃이 얼마나 가까운 존재였는지도 깨달았다. 우리 또한 계절에 맞추어 교정에 핀 자두꽃과 치자꽃, 근처의 수백 년 넘은 돌배나무꽃을 보러 다니며 꽃이 주는 삶의 여유를 즐기기도 하였다.

어느 날 버스를 타고 가는 중 목련꽃이 활짝 핀 풍경을 지나쳤다.

그즈음에 마침 목련화 시를 읽었기에 꽃봉오리 모양이 붓과 같아 '목필화木筆花'라고도 불렸다는 내용이 떠올라 진짜 붓같이 생긴 꽃봉오리를 보고 혼자 웃기도 하였다. 또 콩꽃에 대한 시 덕분에 콩에도 꽃이 핀다는 당연한 사실을 깨닫고는, 시골 논밭을 지날 때마다 유심히 콩꽃을 찾기도 하였다. 콩꽃은 꽃 자체는 볼품없지만 꽃이 지고 콩이 열려야 백성들이 배고픔을 견뎌 낼 수 있기에 옛 문인들은 꽃이 피기를 바라는 간절한 마음을 시로 읊었다.

꽃에 대한 한시는 너무도 많아 그 선별이 오히려 힘들었고, 그림의 경우는 모든 꽃에 대한 것을 찾는 일이 쉽지 않았다. 우리나라 화가가 그렸거나 우리 꽃을 보고 그린 그림으로만 채운다는 원칙을 세웠는데, 보통 꽃 그림은 매화·난초·국화·모란·연꽃과 같은 유명한 꽃들에 집중되었고, 초충도나 화조도, 민화에 나오는 여러 꽃들은 제목이 없어 무슨 꽃인지 정확히 알기 어려웠다. 그러나 꽃시를 읽고 각 꽃들이 지닌 특징들을 알게 되면서, 다 똑같아 보이던 그림 속의 꽃들이 하나둘씩 자신의 존재를 드러내기 시작했다. 이전까지 그저 배경에 불과했던 꽃들이 알고 보니 하나하나 개별적인 존재들이었다는 사실에 그림의 의미를 새롭게 발견하기도 하였다.

플로렌스 헤들스턴 크레인Florence Hedleston Crane의 『머나먼 한국의 야생화와 이야기Flowers and Folk-Lore from Far Korea』(1931)라는 책을 만난 것 또한 커다란 행운이었다. 플로렌스는 1910년대 선교사 남편을 따라 우리나라에 온 미국인 여성으로, 순천 들판의 꽃 그림과 이야기를 책으로 엮었다. 이로써 20세기 초 서양 여성의 눈에 비친 우리 꽃의 아름다움도 이 책에 소개할 수 있었다.

우리는 아주 옛날 한국한시학회의 강독 모임에서 만나 오랜 기간 격월로 모여 우리 한시를 읽고 그 한시들을 탄생시킨 우리나라 산천 여기저기를 찾아다녔다. 꽃시를 읽는 작업 내내 강독회 선생님들과 함께 본 꽃과 시들을 떠올리곤 하였다. 책의 행간마다 한시학회 선생님들과의 지난 추억들이 가득 서려 있음도 이 자리를 빌려 적어 둔다. 그리고 "꽃다발 같은 책으로 만들어 주세요."라는 유별난 부탁에 너무나 아름다운 책으로 응답한 태학사 편집부 선생님들께는 그 어떤 말로도 표현할 수 없는 감사의 마음을 전하고 싶다.

　　부디 이 책이 성범중 선생님의 새로운 인생 앞에 꽃길만 펼쳐지길 바라는 선물이자, 오랜 세월 함께 한시와 자연을 감상하고 우정을 쌓아 온 한시강독회 선생님들에게 보내는 문안 편지, 그리고 책장을 넘기는 동안 우리 한시와 우리 꽃의 아름다움을 만끽할 독자들에게 바치는 하나의 꽃이 될 수 있기를 간절히 바란다.

2023년 1월, 동백꽃 필 무렵
저자를 대표하여 노경희 쓰다

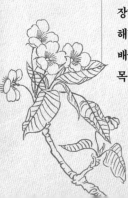

겨울의 끝에서
봄 기다리며

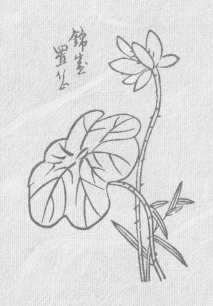

# 동백꽃

## 겨울에 느끼는 봄의 싱그러움

[산다화]

동백은 겨울에도 푸른빛을 간직하는 상록수로, 연말인 섣달부터 꽃이 피기 시작하여 뒤이어 피어나는 매화와 함께 봄을 장식함으로써 두 해에 걸쳐 그 자태를 자랑한다. 중국과 일본, 우리나라 남해안의 여러 섬과 연안에 많이 서식한다. 울산의 목도 상록수림을 비롯하여 옹진 대청도, 강진 백련사, 서천 마량리, 고창 선운사, 거제 학동리, 광양 옥룡사의 동백나무 숲은 천연기념물로 지정되어 있을 정도로 군락을 이룬다. 이 꽃은 일반적으로 '산다화山茶花'라고 부르고 취백翠柏·총백叢柏·강동岡桐이라고도 하였는데, 어느 날 갑자기 '동백'이라고 부르고 봄에 피는 것을 '춘백春柏'이라고 하였다는 사실이 정약용의 『아언각비』〈산다〉 항목에 실려 있다.

꽃 색깔은 붉은색이 일반적이고 흰색과 보라색으로 피는 것도 있으며, 꽃술은 흰 수술대에 노란 꽃밥으로 되어 있다. 동백의 붉은 꽃

겨울의 끝에서 봄 기다리며

잎은 짙은 초록의 잎과 보색 관계를 형성하여 대단히 인상적인 색조의 대조를 보이고, 꽃술의 노란 꽃밥은 꽃잎과 아름다운 조화를 이룬다.

## 동백        冬柏

| | |
|---|---|
| 복사꽃과 자두꽃 싱그럽다고 하지만 | 桃李雖夭夭 |
| 겉만 화려한 꽃이라 믿기 어렵네. | 浮花難可恃 |
| 소나무와 잣나무는 아리따운 모습 없지만 | 松柏無嬌顏 |
| 추위를 견디기에 귀하게 여겨지네. | 所貴耐寒耳 |
| 이 나무는 꽃이 좋을뿐더러 | 此木有好花 |
| 또 눈 속에서 피어나네. | 亦能開雪裏 |
| 자세히 생각건대 잣나무[柏]보다 나으니 | 細思勝於柏 |
| '동백'이라는 이름은 옳지가 않네. | 冬柏名非是 |

— 이규보, 『동국이상국전집』 권16

이규보는 이 시에서 동백꽃이 도리화桃李花의 싱그러움과 송백松柏의 내한耐寒 정신을 겸비하고 있다고 규정함으로써 이 꽃은 마치 차가운 눈 속에서 피는 도리화와 같은 성품을 지니고 있음을 지적하고 있다. 예로부터 도리화는 조선 후기의 가객 김유기金裕器의 시조에서 표현한 것처럼 세한 송백의 끈기와 지조와 달리 한때의 화려함만을 지녀 사람들에게 폄하당하는 대상으로 인식되었으나, 이 시에서는 도리화와 송백의 장점을 겸한 존재로서의 동백을 설정하고 있다.

플로렌스 헤들스턴 크레인, 〈동백꽃〉
(『머나먼 한국의 야생화와 이야기Flowers and Folk-Lore from Far Korea』, 1931).

춘풍 도리화들아 고온 양주樣子 자랑 마라

창송蒼松 녹죽綠竹을 세한에 보려무나

정정亭亭코 낙락落落흔 절節을 고칠 줄이 이시랴

— 김유기, 『청구영언』

    이규보는 이처럼 도리화의 싱그러움과 송백의 세한 지조를 겸비한 것으로 인식되는 이 꽃에 '동백冬柏(겨울 잣나무)'이라는 이름이 붙은 것은 온당치 못하다는 생각을 담고 있다. 대안을 제시하고 있지는 않지만 이규보는 이 꽃의 일반적인 명칭인 산다화를 염두에 둔 것으로 짐작되는데, 우리는 여기에서 동백이라는 명칭이 고려 무신란을 전후한 시기부터 사용되었다는 사실을 알 수 있다. 그러니 동백이라는 이름도 이미 천년 전부터 사용된 연원 깊은 이름이다.

### 유본 집의 산다화 有本家山茶花

| | |
|---|---|
| 봄바람 부는 뜰 안에 떨기가 얼마나 많은가? | 春風園裏許多叢 |
| 도리화 흐드러지게 피었을 때 색깔 더욱 짙네. | 桃李爛時色更濃 |
| 나무를 푸르게 감싼 모난 잎 코뿔소 가죽 같고 | 犀甲葉稜包樹綠 |
| 강가에 가득 핀 붉은 꽃 학의 머리인 듯. | 鶴頭花綻滿江紅 |
| 예쁘고 아리따운 형상 비길 것이 없거니와 | 妖嬌形狀難相似 |
| 크거나 작거나 겉모습이 본디 각각이네. | 小大風標自不同 |
| 멀리서 생각하건대 남쪽 바다의 여러 섬에는 | 遙想南溟諸島嶼 |
| 일만 그루가 눈 속에서 불꽃처럼 타고 있으리. | 萬株如火雪中烘 |

— 성현, 『허백당보집』권4

성현의 이 시는 조카 유본의 집에 핀 동백을 바라보며 읊은 것이다. 도리화가 흐드러지게 피었을 때 동백은 그 빛깔이 더욱 짙어진다고 하여 동백의 생태에 대한 세심한 관찰력을 보여 주고 있다. 동백 잎의 두텁고 날카로운 모습은 코뿔소의 가죽과 같고, 강가에 가득 피어난 꽃의 색깔은 단정학丹頂鶴의 정수리처럼 붉음을 실감 나게 표현하고 있다. 다양한 꽃들의 아리따운 모습은 비교할 상대가 없을 정도로 빼어나거니와 크고 작은 각종 꽃들이 모두 겉모습이 이색적임을 지적하고

신명연, 〈산수화훼도〉 중 '동백꽃과 수선화', 국립중앙박물관.

있다. 마지막 부분에는 지금쯤 동백의 본향이라고 할 남쪽 바다의 섬 해안에는 수만 그루의 동백이 눈 속에서 흐드러지게 피었을 것이라는 짐작을 담고 있다. 아마도 시인이 과거에 남쪽 바닷가를 여행하면서 목격했던 광경을 떠올리며 지은 작품일 것이다.

그런데 이 시의 '서갑犀甲(코뿔소의 가죽)'이나 '학두鶴頭(학의 머리)'와 같은 어휘는 매우 신선하기는 하지만 시인의 독창적 표현은 아니다. 송나라의 문호 소식의 시 〈자유에게 화답하다. 오래 말라 있던 유호에 갑자기 물이 생기니 개원사의 산다가 예전에는 꽃이 없다가 올해에는 흐드러지게 피었다和子由 柳湖久涸忽有水 開元寺山茶舊無花 今歲盛開〉둘째 수의 "잎은 두텁고 모가 나 코뿔소 가죽처럼 단단한데, 꽃은 짙고 자태가 작지만 학의 정수리처럼 붉네.葉厚有棱犀甲健 花深少態鶴頭丹"(함련), "눈 속에 흐드러지게 핀 데는 뜻이 있으니, 명년에 피고 나면 또 누가 보겠는가?雪裏盛開知有意 明年開後更誰看"(미련)라는 대목을 끌어온 것임이 분명하다. 이처럼 시인의 마음속에는 동백이라 하면 그 두터운 잎과 붉은 꽃, 백설 속에 핀 겨울 꽃이라는 관념이 굳게 자리 잡고 있었던 것이다.

여기에서 한 가지 덧붙일 것이 있다. 동백은 단색의 꽃이 일반적인데 예외가 하나 있다. 바로 '울산동백'으로 잘못 알려져 온 꽃이다. 본디 울산 지방에 자생하였음에도 그 존재조차 몰랐던 꽃이다. 임진왜란 때 울산동백의 화려한 자태에 반한 왜장 가토 기요마사加藤淸正가 이 꽃떨기를 일본에 가져가 도요토미 히데요시豊臣秀吉에게 바친 것을 교토의 지장원에 심어서 지금까지 그 후손 식물이 생장해 왔다고 한다. 수십 년 전에 이러한 정보가 울산의 지역 매스컴에 크게 보도되고 1992년에는 일본에서 다시 울산으로 가져와 울산시청 뜰에 심어 놓았다.

이 꽃은 한 나무에서 흰색과 분홍, 진분홍 등 여러 색깔의 꽃잎이 피고, 꽃이 질 때는 보통의 동백과 달리 한꺼번에 통꽃으로 떨어지지 않고 꽃잎이 하나씩 지기 때문에 일본에서 '오색팔중산춘五色八重散椿'으로 불리었다고 한다. 그러나 최근에 이 꽃이 가토 기요마사가 히데요시에게 바친 꽃이 아니라는 사실이 밝혀지면서 논란이 되고 있다. 이 꽃이 울산의 고유한 동백인지 아닌지의 여부는 차치하더라도

채용신, 〈화조도〉 10폭 중 '동백', 국립중앙박물관. ▶

이 꽃을 통하여 한 나무에 다양한 빛깔의 꽃이 피는 동백도 있다는 사실은 확인할 수 있다.

한편 동백꽃의 붉은 빛깔은 핍박받은 사람의 피멍 든 흉금을 상징하는 것으로도 인식되고 있다. 그러한 인식의 형성에 큰 역할을 한 것이 가수 이미자가 부른 대중가요 〈동백아가씨〉이다. 한산도(본명 한철웅) 작사, 백영호 작곡의 이 유행가는 각종 억압과 불평등, 개인적 사랑과 미련의 고통 속에서 억압받은 인물의 심중을 대변하고 있다.

헤일 수 없이 수많은 밤을
내 가슴 도려내는 아픔에 겨워
얼마나 울었던가 동백 아가씨
그리움에 지쳐서 울다 지쳐서
꽃잎은 빨갛게 멍이 들었소


그리움과 고통으로 시름하며 흐느끼는 사람의 마음이 동백의 꽃잎에 투사되어 꽃잎은 빨갛게 피멍이 들었다는 하소연이다. 외세와 유교적 질서 체계, 지연이나 학연 따위의 동이와 친소에 휩쓸려 다니다가 응어리진 상처를 보듬고 피어났던 동백꽃, 그 붉은 꽃잎이 만개한 남녘 섬이나 바닷가를 찾아 거닐고 싶다. 🔖

## 동백씨 기름

동백의 열매에서 나온 씨앗에서 추출한 맑은 노란색 기름은 오래 두어도 변질되거나 굳지 않으며 잘 마르지 않는다. 그래서 이 기름은 예로부터 여인들의 머리카락을 윤택하게 간직하고자 머리에 바르는 용도로 사용되어 왔다. 또 고소한 맛 때문에 참기름처럼 조미료로 사용되기도 하였다. 동백씨기름의 이런 용도는 다음 한시와 민요에 잘 나타나 있다.

### 삼가 동백꽃 시에 차운하다
伏次冬柏花韻

부귀의 꽃인 모란에 송백의 절개를 겸하여 富貴花兼松柏節
눈 속의 나뭇가지에 봄빛이 흐드러졌네. 春光爛熳雪中條
또 맺은 열매는 음식 맛을 맞추니 仍看結子和羹鼎
심상하게 교태나 부리는 붉은 꽃이 아니네. 非是尋常紅紫嬌
— 김낙행, 『구사당집』 권1

### 강원도아리랑

아주까리 동백아 여지 마라
누구를 꾀자고 머리에 기름
아리아리 쓰리쓰리 아라리요
아리랑 고개를 넘어간다

그런데 〈강원도아리랑〉의 동백기름은 원래 생강나무 열매의 기름을 가리킨다. 생강나무를 강원도 방언으로 동백나무라고 한다. 이 열매로 기름을 짜서 등잔 기름이나 머릿기름으로 사용하였다고 한다.

## 유박, 〈화개월령花開月令〉

꽃이 피고 지는 것은 절기의 이르고 늦음과 관계가 있다. 중국과 우리나라 남쪽 지역은 천지의 기운을 받음이 일정하지 않아, 꽃이 피는 시기를 확정해 말하기 어렵다. 다만 계절의 차례에 따라 시기별로 나누어 이 땅에서 각각의 꽃이 피는 것을 살펴 이 같은 규칙을 정하였다. 이는 풀과 나무 하나하나가 때맞춰 꽃을 피우거나 시기를 놓쳐 시드는 것이 오직 주인이 어떻게 기르느냐에 달려 있음을 알게 하고자 함이다. 이를 통해 부지런히 가꾸어 때에 따라 꽃의 성질에 맞춰 저마다의 참된 자태를 드러내게 하려는 것일 뿐이다.

정월: 매화·동백·두견

2월: 매화·홍벽도·춘백·산수유

3월: 두견·앵두나무·살구꽃·복숭아·배나무·사계·해당·정향·능금

4월: 월계화·산단화·왜홍·모란·장미·작약·치자·철쭉·상해당

5월: 월계화·석류·서양화·해류海榴·위성류渭城柳

6월: 석죽·규화·사계·목련·연꽃·무궁화·석류

7월: 무궁화·백일홍·옥잠화·전추사前秋紗·금전화·석죽

8월: 월계·백일홍·전추사·금전화·석죽

9월: 전추사·석죽·사계·조개황·승금황·통주홍황·금사오홍

10월: 전추사·금원황·취양비·삼색학령三色鶴翎

11월: 학령·소설백·매화

12월: 매화·동백

—『화암수록』

매화
향기로운 입술로 구슬 같은
새벽이슬 마시네

매화는 장미과의 활엽 교목인 매화나무(매실나무)에서 한겨울부터 이른 봄까지 피는 꽃이다. 꽃이 잎보다 먼저 피는데, 붉은빛이 감도는 흰색을 띠며 향이 그윽하다. 꽃 모양은 살구꽃과 흡사하지만 살구꽃과 달리 꽃받침과 꽃잎이 붙어 있다. 열매는 여름에 채취하며 식재료와 약재로 쓴다.

봄을 꽃시절이라 하지만, 매화는 본격적인 봄이 오기 전에 피었다 진다. 다른 꽃들이 울긋불긋 피기 전, 고고한 자태와 그윽한 향으로 피고 지는 매화의 고고함을 잘 보여 주는 것이 다음 이인로의 시다.

**매화**                                              **梅花**

고야의 얼음 같은 살결에 눈으로 옷 지어 입고          姑射冰膚雪作衣

겨울의 끝에서 봄 기다리며

조희룡, 〈홍백매화도〉 8폭. 국립중앙박물관.

향기로운 입술로 구슬 같은 새벽이슬 마시네.                                                  香脣曉露吸珠璣

응당 속된 꽃들 봄에 붉게 물드는 것 싫어하여                                              應嫌俗蘂春紅染

요대를 향해 학 타고 날아가려는 게지.                                                          欲向瑤臺駕鶴飛

— 이인로, 『동문선』권20

고야는 산에 사는 신인神人 묘고야藐姑射를, 요대는 신선이 사는 곳을 가리킨다. 옛사람들은 봄이 무르익을 즈음 화려하게 피는 복사꽃이나 오얏꽃을 속되다 하였다. 무더기로 화려하게 피는 그러한 꽃들은 고고하게 피는 매화에 비해 낮은 취급을 받았던 것이다.

그 모습이 화려하지도 않고 그 향이 강하지도 않으며 화창한 봄날에 피어나는 것도 아니다. 그런데 매화는 예로부터 많은 사람들, 특히 선비들로부터 사랑을 듬뿍 받아 왔다. 소한삼신小寒三信, 즉 소한에 피는 세 가지 꽃 소식으로 매화·산다화·수선화를 일컫는다. 일 년 중 소한이 가장 추운 때인 만큼 매화는 가장 추운 시절에 피는 꽃이기도 하다.

송나라 때 일종의 백과사전이라 할 수 있는 『사문유취』를 편찬한 축목祝穆은 매화에 관한 정보를 모은 『매보梅譜』를 편찬하면서 그 서문에 "매화가 '천하의 진귀한 물건'이라는 말에는 지혜롭거나 어리석거나 현명하거나 불초함을 막론하고 이의를 제기할 사람이 없다."라 하였다. 뭇꽃들에 앞서서 한겨울에 고고하게 피는 매화는 예로부터 격조 높은 꽃으로 여겨졌다. 송나라의 증단백曾端伯은 열 가지 꽃을 벗으로 삼아 '화중십우花中十友'라 하였는데 그 열 가지 벗 가운데 매화는 청우淸友, 즉 맑은 벗으로 삼았다.

굴원의 「이소離騷」에는 수많은 향초와 온갖 꽃이 등장한다. 그런데 가장 기품 있는 꽃으로 여겨지는 매화는 「이소」에 보이지 않는다. 초기에는 꽃보다 열매의 쓰임새에 주목했기 때문이 아닐까 한다. 매화가 사람들 사이에서 본격적으로 사랑받게 된 것은 송나라 때부터의 일이다. 이 무렵 매화는 소나무, 대나무와 함께 세한삼우歲寒三友로 일컬어져 변치 않는 절조를 상징하게 되었는데, 매화를 특히 사랑했던 송나라 시인은 임포林逋와 소식이었다.

임포는 매화를 너무 사랑하여 매처학자梅妻鶴子, 즉 매화를 아내로 삼고 학을 아들로 삼아 유유자적한 인물이다. 그의 시 〈산원소매山園小梅〉 가운데 "그윽한 향기는 달 뜬 저물녘에 떠다니네.暗香浮動月黃昏"라는 구절이 특히 유명하여 이로부터 '암향' 혹은 '암향부동暗香浮動'이라는 말이 매화를 가리키게 되었다.

소식은 한겨울 눈과 얼음 가운데서 피어나는 매화를 두고 "나부산 아래 매화촌에서, 흰 눈은 뼈가 되고 얼음은 넋이 되었네.羅浮山下梅花村 玉雪爲骨氷爲魂"라 읊은 바 있다. 앞의 이인로 시에서 매화의 모습을 두고 "얼음 같은 살결氷膚"이라 하였는데, 이는 소식의 시구에서 착안한 것이다. 소식의 이 시구에 나온 '빙혼옥골氷魂玉骨'이라는 말 외에 빙기옥골氷肌玉骨, 아치고절雅致高節 등도 매화를 지칭하는 말로 쓰인다. 이러한 말들은 우리나라 시에서도 어렵지 않게 찾아볼 수 있다. 조선 후기에 역대 시조를 모은 『가곡원류』의 편찬자 안민영의 〈매화사梅花詞〉에서도 이를 확인할 수 있다.

## 매화사梅花詞

어리고 성긴 매화 너를 믿지 않았더니
눈 기약 능히 지켜 두세 송이 피었구나
촉燭 잡고 가까이 사랑할 제 암향暗香조차 부동浮動터라

— 안민영, 〈매화사〉 제2수

〈매화사〉 여덟 수 중 둘째 수다. 매화가 피리라는 기대, 그리고 드디어 매화가 핀 후의 감개를 읊은 시조다. "암향조차 부동터라"라 한 것은 앞서 본 임포의 시에서 가져온 것이다. 이어지는 셋째 수에서도 빙자옥질氷姿玉質, 황혼월黃昏月, 아치고절과 같이 매화를 가리키는 표현을 풍성하게 확인할 수 있다.

매화를 사랑하지 않은 이가 없었지만, 퇴계 이황은 매화를 너무나 사랑하여 매화를 매형梅兄이라 부르고 따로 매화시첩을 만들 정도였다. 유박은 워낙 꽃을 좋아하여 꽃에 대한 품평집 『화암수록』을 남겼는데, 그가 온갖 꽃을 아홉 등급으로 나누고 1등급의 첫 번째로 꼽고 있는 것이 바로 매화다. 그도 퇴계처럼 매화를 '매형'이라 불렀다. 그가 쓴 매화시도 상당히 많다.

## 매화와 이별하며 別梅花

사립문 걸어 닫아도 향기 머물게 할 수 없어 掩戶留香留不得
봄바람에 하릴없이 이별하는 이 밤. 東風無力別離宵

조속, 〈묵매墨梅〉 『해동서첩』, 국립중앙박물관. ▶

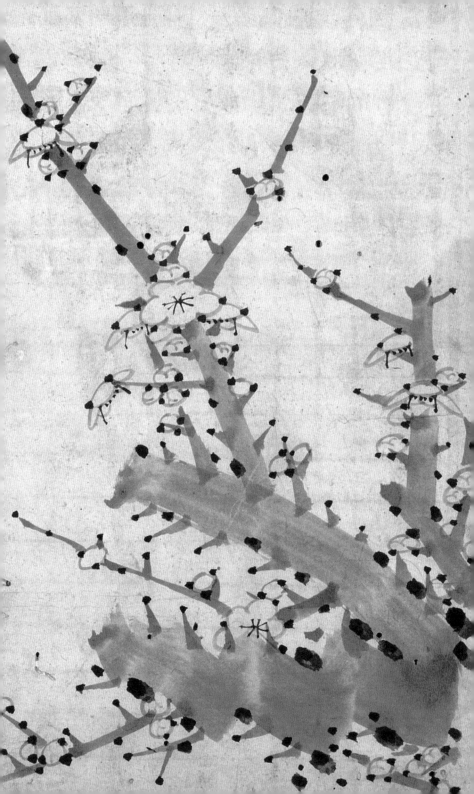

남은 꽃도 다 떨어져 봄날이 적적하니            落盡殘花春寂寂

오경에 비낀 달빛 꿈처럼 아득하네.            五更斜月夢迢迢

— 유박, 『화암수록』

봄이 와 매화가 지고 더 이상 그 향기도 맡을 수 없는 아쉬움에 문이라도 걸어 닫고 싶은 시인의 심정이 고스란히 담겨 있는 시다. 사람들은 온갖 꽃이 화려하게 피어나는 봄을 기다리지만, 시인 유박은 봄이 달갑지 않다. 매화 없는 봄날 저녁은 그에게 그저 '적적한 시절'이 되고 마는 셈이다.

유박은 매화에 대한 글도 남겼다. 그중 〈매화에 관한 설梅說〉이라는 글이 흥미롭다. 꿈속에서 매화가 나타나 스스로에 대해 이야기한 것을 듣고 꿈에서 깨어 적은 글이라고 한다. 꿈속의 매화는 자신을 두고, 질박함을 벗으로 삼고 저잣거리를 싫어하는 존재라 하였다. 그러고는 자신의 존재를 알지 못한 굴원은 원망하지 않지만 자신을 유명하게 만든 소식은 원망한다고 하였다.

우리나라 각지에는 매화로 이름난 곳이 많다. 광양 매화마을, 순천 선암사 등도 유명하지만 역사적으로 특히 주목할 만한 매화나무는 지리산 단속사 터에 있는 이른바 '정당매'다. 조선 시대 꽃과 나무에 대한 고전이라 할 『양화소록』을 쓴 강희안의 조부 강회백이 포의 시절에 지리산 단속사에서 독서하다가 그곳에 손수 매화 한 그루를 심었다. 후에 강회백이 과거에 급제하여 고려 시대 최고의 정무기관이었던 중서문하성의 종2품 벼슬 정당문학政堂文學에 이르렀기에 사람들이 단속사의 이 매화나무를 정당매라 불렀다. 강회백이 공부하던 단속사는 이미 사라지고 그 터만 남아 있지만 정당매에서는 봄이면 여전히 매화가 피고 있다. 18세기 말에서 19세기 전반기에 활동한 시인 이학규가 읊은 다음 시를 보면 조선 후기에도 단속사의 정당매를 보며 강회백을 떠올렸음을 알 수 있다.

| 정당매 | 政堂梅 |
|---|---|
| 온갖 곳의 절간 가운데 | 蘭若千萬地 |
| 한 그루의 매화에서 봄이 피네. | 梅花一樹春 |
| 해마다 꽃이 피는 날에는 | 年年花發日 |
| 정당문학을 돌이켜 추억하네. | 回憶政堂人 |

— 이학규, 『낙하생집』 책6

우리나라 역사에서 매화와 관련해 빼놓을 수 없는 것이 윤회매다. 윤회매는 밀랍으로 만든 매화로, 조선 후기 문인 이덕무가 고안한 것이다. 밀랍으로 만든 것이니 일종의 조화인 셈이다. 윤회매라 이름 붙인 것은 이덕무가 이해한 밀랍의 특성과 관련이 있다. 밀랍은 본디 꿀과는 다른 것인데, 이덕무는 꿀이 굳어지면 밀랍이 된다고 생각했던 모양이다. 그래서 벌이 꽃에서 꿀을 따고, 그것이 밀랍이 되고, 그 밀랍이 다시 꽃(매화)이 되는 것이니 불교의 윤회설과 같다고 생각했던 것이다.

이덕무는 윤회매 만드는 방법을 자세히 적어 〈윤회매십전輪回梅十箋〉이라는 글을 남겼다. 또 그 제조법을 유득공이나 박제가, 박지원에게 전수하기도 하고 자신들이 만든 윤회매를 두고 시를 짓기도 하였다.

| 〈윤회매십전〉에 붙인 시 | 輪回梅十箋附詩 |
| --- | --- |
| 매화 사는데 굳이 값을 흥정하겠는가? | 沽梅那必直交爭 |
| 술 한 동이면 꽃 여남은 송이 줌 직하지. | 一榼相當十許英 |
| 지금 마신 이 좋은 술 내 손으로 마련한 것이니 | 痛飮伊今緣手辦 |
| 꽃장수 오래 하면 이름까지 향기로워지겠네. | 長爲花賈亦芳名 |

— 이덕무, 『청장관전서』 권62

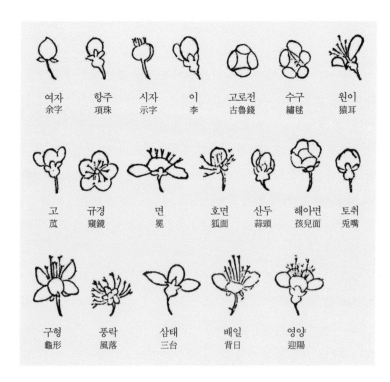

이덕무의 윤회매.

이 시 주석에는 김사희가 좋은 술 한 병을 가져와 윤회매 한 가지를 사 갔다고 하였으니 이덕무는 당시 윤회매로 제법 재미를 보았던 모양이다. 이덕무에게서 윤회매 제조법을 전수받은 박지원도 직접 만든 윤회매를 팔아 스무 닢을 벌어 식구들에게 두루 나누어 주고 담배도 사고 땔나무도 사 흡족해하고는 남은 한 닢은 이덕무에게 주었다. 윤회매를 고안한 이덕무에게 일종의 로열티를 지불해 고마움을 표한 것이다. 囲

## 유박, 〈화암구등花菴九等〉

모두 45종이다.

1등: 매화·국화·연꽃·대나무·소나무(고상한 품격과 빼어난 운치를 취하였다)

2등: 모란·작약·왜홍·해류·파초(부귀를 취하였다)

3등: 치자·동백·사계·종려·만년송(운치를 취하였다)

4등: 화리·소철·서향화·포도·유자(똑같이 운치를 취하였다)

5등: 석류·복숭아·해당·장미·수양(번화함을 취하였다)

6등: 두견·살구·백일홍·감나무·오동나무(5등과 똑같이 번화함을 취하였다)

7등: 배나무·정향·목련·앵두나무·단풍(이하는 각각 좋은 점을 취하였다)

8등: 무궁화·석죽·옥잠화·봉성화·두충

9등: 규화·전추사·금전화·창촉昌歜·화양목

—『화암수록』

# 수선화

## 달빛 아래 물결 밟는 선녀의 발자국

수선화는 12월에서 3월까지 피는 꽃이다. '수선水仙'이라는 말은 자라면서 물이 많이 필요해 붙은 이름이고, 한편으로 '물가의 신선'이라는 뜻도 있다. 여섯 장의 하얀 꽃잎이 접시처럼 둥글게 펼쳐진 위로 금색 꽃술이 술잔같이 예쁘게 솟아 있어서 이를 금잔은대金盞銀臺라고 부른다. 또한 아산雅蒜·능파선자凌波仙子라고도 하는데, 능파선자는 송나라 시인 황정견이 지은 시 〈수선화〉의 "물결 밟는 선녀 버선에 먼지가 이는데, 희미한 달빛 아래 사뿐히 물 위를 밟네.凌波仙子生塵襪 水上盈盈步微月"라는 어구에서 따온 이름이다. 수선화는 제주도에 매우 흔한 꽃으로 이 지역에서는 '몰마농'이라 불렀다. 이는 '말이 먹는 마농(마늘)'이라는 뜻이라고도 하고, 마늘 뿌리처럼 생겼다는 데서 유래했다는 설도 있다.

겨울의 끝에서 봄 기다리며

# 수선화　　　　　　　　　　　　　　　　水仙花

오롯한 겨울 마음 둥글게 늘어뜨리니　　　　一點冬心朶朶圓
그윽하고 담담한 기품 차갑게 주위를 둘렀네.　品於幽澹冷雋邊
고상한 매화도 뜨락의 섬돌 벗어나지 못하는데　梅高猶未離庭砌
맑은 물가에서 진정 해탈한 신선을 보는구나.　清水眞看解脫仙

— 김정희, 『완당전집』 권10

　이 시는 추사 김정희가 제주도 유배 시절에 지은 작품이다. 김정희
는 55세 때인 1840년부터 1848년까지 9년간 제주도에 유배되었다.
추사는 긴 겨울을 이겨 낸 오롯한 마음이 둥근 송이로 영롱하게 피어
나는 것을 보며, 그윽하고 담담하고 맑고 아름다운 품격을 지닌 꽃이
라 극찬하였다. 세상 사람들이 절개의 상징으로 칭찬하는 매화도 안
온한 마당을 벗어나지 못한다면서, 세상 밖 맑은 물가에서 고결한 기

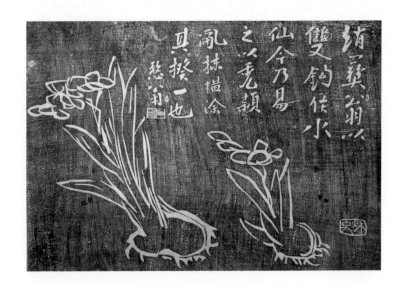

김정희, 〈수선화부水仙花賦〉, 제주추사관.

품을 간직한 수선화에서야말로 진정 해탈한 신선의 모습을 볼 수 있다고 칭송한다. 수선화에 대한 추사의 지극한 애정을 가감 없이 살필 수 있다.

추사는 왜 이렇게 수선화에 특별한 마음을 품었을까? 수선화는 우리나라 제주도와 남쪽 지방에서는 흔히 볼 수 있었지만, 중부 이북의 겨울을 견디지 못해 위쪽 지방의 사람들은 우리나라에 수선화가 있는지도 잘 몰랐다. 한양의 문인들에게 수선화는 황정견의 "물결 밟는 선녀凌波仙子"처럼 문헌상에서만 존재하던 꽃이었다. 1589년 일본 통신사행을 다녀온 차천로는 일본에서 처음 수선화를 보고는, 황정견의 시 〈수선화〉만 알았지 정작 그 꽃을 모르다가 오늘 여기서 처음 본다고 감탄하기도 하였다(『대동야승』,「오산설림초고」).

수선화는 중국을 다녀온 사람들에게 이야기로 듣거나 그들이 구해 온 구근으로 피워 내 완상하던 귀한 꽃이었다. 조선 문인 중 처음 중국에서 수선화를 가져온 이는 1712년에 사행을 다녀온 김창업이다. 평소 꽃에 관심이 많던 김창업은 북경에 도착한 뒤 중국의 화초를 수소문하고, 역관 오지항을 통해 중국 관리 마유빙馬維屛의 관소를 방문하여 수선화를 구경하고 선물로 받았다. 이후 김창업은 연경 시장에서 수선화 구근을 구입해 조선에 가져왔다. 다음의 시에서 그 사정을 엿볼 수 있다.

## 수선화 水仙花

은받침 금잔에 티끌 하나 없으니　　　　　　銀臺金盞絶纖瑕

| 우리나라에서 어찌 이 꽃을 본 적 있을까? | 東土何曾見此花 |
| 연경의 저자에서 값도 묻지 않고 구했으니 | 燕市購來不論直 |
| 호사가 노가재 노인이라 자랑할 만하네. | 稼翁好事亦堪誇 |

— 김창업, 『노가재집』 권2

이 밖에도 김창업은 수선화에 대한 기록을 여럿 남기고 있어, 그가 얼마나 수선화에 매료되었는지 짐작할 수 있다.

이후로도 조선 문인들에게 수선화는 여전히 귀한 꽃이었다. 이유 원은 『임하필기』(권32)에서 1812년에 자하 신위가 연경에 사신으로 갔다가 수선화를 가져왔는데 이것이 우리나라에 처음 들어온 사례라 하면서, 1834년부터는 연경에서 들여오지 못하는 물품에 속하게 되어 한동안 볼 수 없었다고 하였다. 당시 문인들 사이에 수선화가 크게 인기를 끌어 중국에 다녀온 사람들이 너도나도 그 구근을 가져오는 바람에 국법으로 수선화의 반입을 금지하기에 이른 것이다.

박규수 또한 〈수선화를 얻고 기뻐 지은 시 두 首得水仙花喜賦 二首〉라는 작품의 서문에서 황정견의 시를 읽고 수선화가 궁금하던 터, 지인이 중국에서 수선화 구근을 구해 줬다며 이것이 우리나라에 처음 들어온 것이라 하였다. 이러한 기록들을 보면 비록 중국 사행을 통해 간간이 들어오긴 했어도 수선화는 조선 시대 내내 아무나 쉽사리 접할 수 없는 귀한 꽃이었음을 알 수 있다.

앞에서 언급한 추사 김정희 또한 수선화를 귀하게 여기던 인물이었다. 추사와 다산 정약용의 수선화에 얽힌 사연도 전한다. 추사가 43세 때 평안감사로 재직 중인 부친을 방문했는데 마침 연경을 다녀

조석진, 〈기명절지도器皿折枝圖〉 2폭 중 '수선화', 국립고궁박물관. ▶

온 이가 선물로 수선화를 주었다. 추사는 이를 고려자기 골동품에 분재해 다산 정약용에게 선물로 보냈다. 답례로 다산은 〈늦가을 김정희가 향각에서 수선화 분재 한 포기를 보내왔는데 그 화분은 고려의 옛 자기이다秋晚金友喜香閣寄水仙花一本其盆高麗古器也〉라는 제목의 화답시를 보내오기도 하였다.

정약용 또한 수선화에 대한 작품을 다수 남기고 있다. 이기양이 1800년 연경에 다녀오며 수선화를 선물하자 이가환을 불러 함께 감상한 일이 있었는데, 훗날 이를 추억하며 시를 지었다. 조선 문인들에게 수선화는 문학 작품 속에서만 존재하는, 주변에서 쉽게 구할 수 없는 귀한 꽃이었다.

그러나 이 귀한 수선화가 제주도에서는 지천에 널려 있는 흔한 꽃으로, 그곳 농부들은 이를 귀찮게 여기면서 보리를 심기 위해 다 파헤치고 있었다. 제주도에 유배 간 추사는 이 모습에 충격을 받고 친구 권돈인에게 이를 한탄하는 편지를 보내었다.

수선화는 과연 천하에 큰 구경거리입니다. 강소성과 절강성 이남 지역에선 어떤지 모르겠습니다만, 이곳에는 촌리마다 작은 땅에도 수선화가 피고 있습니다. 이 꽃은 정월 그믐, 2월 초에 피기 시작해 3월에는 산과 들, 밭두둑 사이마다 흰 구름이 질펀하게 깔려 있는 듯, 흰 눈이 광대하게 쌓여 있는 듯 합니다. 그런데 이곳 주민들은 이 꽃이 귀한 줄 모르고 말과 소에게 먹이거나 짓밟아 버리며, 보리밭에 많이 났다고 호미로 파내어 버리는데, 호미로 파내도 다시 나기 때문에 원수 보듯 하고 있습니다. 사물이 제자리를 얻지 못함이 이와 같습니다.

아마도 추사는 한양에서 귀한 꽃으로 추앙받던 수선화가 이곳 제주도에서는 귀찮은 존재로 취급받는 모습을 보면서, 명문거족의 자제로 태어나 온갖 영화를 누리다가 이제 죄인으로 몰려 제주까지 유배 온 자신의 처지를 발견했는지 모른다. 추사는 수선화와 관련된 여러 기록을 남기며 애정을 드러내었고, 오늘날 사람들은 수선화를 '추사의 꽃'이라고 부르며 그의 애정을 기리고 있다. 이유원이 "제주에서 나는 수선화는 추사가 처음 알았다. 올바른 방법으로 키우면 강남에서 나는 것에 부족하지 않다."(『임하필기』 권32)고 한 것을 보면, 조선시대부터 이미 추사의 수선화 사랑은 널리 알려졌던 것 같다.

추사는 수선화를 "맑은 물가의 진정 해탈한 신선"이라 묘사하였다. 이는 척박한 제주도까지 밀려온 자신 또한 고결한 기품을 간직한 신선의 풍모를 잃지 않겠다고 스스로에게 거듭 다짐하는 내용에 다름 아니다. 🔲

## 차천로, 「오산설림초고」

산곡山谷(황정견)에게 〈수선화〉라는 시가 있으나 그간 무슨 꽃인지 몰랐다. 일본에 한 가지 풀이 있는데, 10월에 처음 나고 잎은 가란假蘭 같으며 키가 두어 자나 되었다. 11월에 꽃이 활짝 피는데 흰빛이다. 12월에는 꽃이 떨어지고, 1월에 줄기가 마르고, 2월에 말라 죽는다. 중에게 이 풀의 이름을 물었더니 '수선화'라고 하였다.

—『대동야승』

## 박규수, 〈수선화를 얻고 기뻐 지은 시 두 수〉 서문

황정견이 〈수선화〉라는 시를 지었는데, 내가 그 시를 읽고 그 꽃이 보고 싶어졌다. 지인이 연경에 갔다가 수선화를 사 와 몇 뿌리를 주었으니, 아마도 이것이 우리나라에 처음 온 것으로 보인다. 뿌리는 둥근 연근과 닮았고, 흙에 심지 않고 물속에 두어도 잘 산다. 잎은 길어 푸른 부들을 닮았고, 줄기는 곧아 비녀와 같다. 꽃잎은 흰색이고 꽃술은 금빛으로 마치 접시 위에 술잔을 올린 듯하다. 『본초』에서 말한 '금잔은대'가 이것이다. 연기·소금기·비린내·쇳내를 싫어한다. 유리나 수정으로 만든 그릇이 가장 잘 어울리니, 깨끗하고 서늘한 성품에 적합할 뿐만 아니라, 맑고 티 없는 자태를 감상할 만하다. 정소남鄭所南이 난을 그리며 흙을 그리지 않아 수염뿌리가 엉성한 것과 닮았다. 매각梅閣에 들여놓고 '수선실水仙室'이라 이름 붙였다.

—『환재집』 권1

봄꽃
만발하다

# 진달래꽃

꿈에도 그리는 고향의 꽃

진달래는 초봄에 피는 꽃이다. 잎보다 꽃이 먼저 피며 다른 꽃들보다 이른 시기에 피어 온 산을 붉게 물들이는, 그야말로 봄을 알리는 전령이다. 진달래는 한자어로 '두견화杜鵑花'라고 하며, 우리말로 '참꽃'이라 부른다. 『훈몽자회』에는 '진둘위'라고, 『광재물보廣才物譜』에는 '진달ᄂᆡ'라고 적혀 있다.

'두견화'라는 이름에는 중국 촉蜀나라 망제望帝 두우杜宇에 얽힌 슬픈 고사가 있다. 촉나라에서 쫓겨난 망제는 고국을 그리워하다 죽었는데 넋이 두견새가 되어 이 산 저 산 다니며 밤새 목에서 피가 나도록 울었다고 한다. 두견새는 울 때마다 피를 토하고 다시 삼킨다는데, 그 원한의 피가 꽃잎에 묻어 붉게 물든 것이 바로 진달래꽃이다.

진달래와 비슷하게 생긴 꽃으로 철쭉이 있다. 다만, 철쭉은 꽃잎에 주름이 잡혀 있으며 엷은 자줏빛에 검은 점이 박혀 있다. 꽃과 꽃대에 끈적끈적한 점액이 있고 독성이 있어 먹을 수 없다. 이에 진달래를 '참꽃'이라 하고 철쭉을 '개꽃'이라 부르기도 하였다. 피는 시기도 다르니, 진달래가 먼저 피고 질 무렵에 철쭉이 핀다.

### 진달래꽃　　　　　　　　　　　　　　　　　　　　　杜鵑

바위틈에 뿌리 위태로워 잎이 쉬이 마르고　　　　石罅根危葉易乾

바람과 서리에 시달려 쇠잔했음 알겠네.　　　　　風霜偏覺見摧殘

가을 아름다움 자랑하는 들국화 이미 넘치거늘　　已饒野菊誇秋艶

응당 겨울 추위 견디는 바위의 소나무 부러워하리.　應羨巖松保歲寒

가여워라, 향기 머금고 푸른 바다 굽어보는데　　　可惜含芳臨碧海

누가 붉은 난간 아래 옮겨 심을까?　　　　　　　誰能移植到朱欄

무릇 초목과는 다른 품격이거늘　　　　　　　　與凡草木還殊品

나무꾼이 똑같이 볼까 두렵구나.　　　　　　　　只恐樵夫一例看

— 최치원, 『계원필경집』 권20

　여기서 진달래꽃은 바위틈에 위태롭게 뿌리 내려 바람과 서리에 시달리다가 가지가 꺾이는 처량한 신세이다. 최치원은 우리나라 최고의 문장가로 손꼽히는 인물로 신라 시대 6두품으로 태어나 골품제의 벽을 넘고자 12세에 당나라로 유학가서 7년 만에 외국인 과거 시험인 빈공과에 급제하였다. 그러나 결국 당나라에선 외국인이라는 벽에 부딪히고, 스물아홉 살의 젊은 나이에 귀국하였다. 고국에서 남은 뜻을 펴고자 고군분투하다 마침내 마흔 살의 나이로 모든 관직을 그

플로렌스 크레인, 〈진달래꽃(두견화)과 철쭉〉(『머나먼 한국의 야생화와 이야기』).

만두고 가야산에 은거하였다. 뛰어난 재주를 지녔음에도 그 뜻을 펼칠 시대와 장소를 만나지 못한 불우한 지식인의 전형으로 표상되는 그의 삶을 생각할 때, 위의 시 〈진달래꽃〉은 남다르게 다가온다.

시인은 진달래꽃을 보고 고향을 그리워하기보다는, 바위틈에 위태롭게 피어 자리를 찾지 못하고 그 품격을 알아보는 이 하나 없는 상황을 그저 안타깝게만 여기고 있다. 이는 결국 신라든 당나라든 어디에서건 자기 머물 곳 하나 없이 쓸쓸한 자신의 처지를 그리고 있음이다.

그러함에도 미색을 자랑하는 들국화가 아니라 겨울 추위에 좌절하

이방자, 〈채색 진달래〉, 국립고궁박물관.

지 않는 소나무를 부러워하겠다는 선언은 그가 내세울 수 있는 마지막 자존심이다. 한편으로 향기 머금은 이 꽃을 귀한 집에 옮겨 줄 이 없을까 기대하며 그 아름다움을 나무꾼이 알아보지 못할까 두려워하는 모습에서는, 세상에 대한 미련을 여전히 버리지 못하는 최치원의 인간적인 면모를 살필 수 있다.

진달래는 촉나라 망제의 고사를 담은 '두견화'라는 이름으로 불린 만큼, 전통 시대 문인들의 작품에서는 고국에서 쫓겨나 세상을 떠도는 슬픔과 한을 담은 꽃으로 묘사되는 일이 많았다.

## 두견화를 보고 고시에 차운하다　　　杜鵑花次古韻

봄밤 온 산에 두견새 울더니　　　一聲春夜萬山啼
울음 그치자 통한의 핏물 가지에 한가득.　　啼破幽冤血滿枝
천년 이전의 망국의 한을 알려면　　欲識千年亡國恨
저녁 바람 가랑비에 지는 꽃을 봐야 하네.　　暮風微雨落紅時

— 권호문, 『송암집』 권2

권호문의 이 작품에서 진달래꽃의 화사한 붉은색은 망국의 한이 서린 통한의 핏물로 묘사되며 작품에 비장한 분위기를 감돌게 한다. 심지어 조선 시대에는 단종의 슬픈 사연까지 더해져 더욱 애상함을 자아낸다.

숙부 수양대군에게 왕위를 뺏기고 노산군으로 강등되어 영월로 유배된 단종은 그곳에서 두견새 우는 소리를 듣고는 "두견새 울음 그친

새벽 산마루의 달 희미하고, 피눈물 진 골짜기엔 떨어진 꽃잎 붉게 물들었구나. 애달픈 하소연 하늘은 어이 듣지 못하고, 시름 깊은 사람만 홀로 듣도록 하는가.聲斷曉岑殘月白 血流春谷落花紅 天聲尙未聞哀訴何奈愁人耳獨聽"(이긍익,『연려실기술』,「단종조 고사본말」)라고 읊으며 쫓겨난 망제의 처지에 자신을 빗대기도 하였다. 이렇게 전통 시대 문인들에게 진달래는 그저 들판에 흔히 피는 봄놀이 꽃이 아니었다.

고국에서 쫓겨난 망제의 고사 때문인지, 고향 산천에 봄마다 흐드러지게 피는 꽃이었기 때문인지, 진달래꽃은 고향을 떠올리며 그리워하는 대상으로 자주 묘사되었다. 두견새의 울음소리를 나타낸 '귀촉歸蜀'이라는 말 또한 '고국 촉나라로 돌아가고 싶다'는 뜻을 담고 있다.


## 두견화를 옮겨 심다 　　　　　　　移種杜鵑花

시름겨운 객창에서 봄 경치 괴로운데 　　　　客窓愁思惱韶華
고향은 아득히 하늘 끝에 있네. 　　　　　縹緲鄕關天一涯
두어 그루 옮겨다 섬돌 아래 심었더니 　　　移得數根階裏種
눈에 환히 고향의 꽃 보이네. 　　　　　　分明眼見故山花

— 구봉령,『백담집』속집 권2


춥고 긴 겨울이 지나 따뜻한 봄이 찾아오면 즐겁고 설레는 것이 인지상정이지만, 시인 구봉령에게는 그 봄의 경치가 오히려 고향을 떠올리게 해서 괴롭기만 하다. 뜰아래 진달래 몇 그루 옮겨 심고서야 비

◀신윤복,〈상춘야흥賞春野興〉(위) /〈연소답청年少踏靑〉(아래) 중 '진달래꽃',『혜원전신첩』, 간송미술관.

로소 그리움을 달래는 모습에서 고향꽃으로서 진달래꽃의 의미를 살필 수 있다.

한편으로 진달래는 우리네 풍속과 떨어질 수 없는 꽃이다. 매년 3월 3일이면 진달래꽃을 따다가 화전을 만들어 먹는 풍속이 대표적인 사례이다.

진달래꽃을 따다가 찹쌀가루에 갈라 붙여 둥근 떡을 만든 다음 참기름에 지진 것을 '화전'이라고 하는데 이는 바로 옛날의 지짐이 떡[熬餠], 또는 기름에 지진 중국 음식 한구寒具 같은 것이다. 또 녹두가루를 반죽하여 익힌 것을 가늘게 썰어 오미자 물에 띄우고 꿀을 넣고 잣을 곁들인 것을 '화면花麵'이라고 한다. 혹은 진달래꽃을 녹두가루와 섞어 만들기도 한다. 또 녹두로 국수를 만들어 이것을 붉게 물들인 다음 꿀물에 띄운 것을 '수면水麵'이라고 한다. 이것들은 모두 계절 음식으로 제사에 쓴다.

— 홍석모, 『동국세시기』, 「3월 / 삼짇날」

이렇게 진달래꽃은 옛 문인들에게 처량한 꽃이면서도 우리네 백성들에게는 봄철의 간식거리를 제공하는 반갑고 정겨운 고향의 꽃이었다. 🇱

# 플로렌스 헤들스턴 크레인의 『머나먼 한국의 야생화와 이야기』

- 원제: Flowers and Folk-Lore from Far Korea
- The Sanseido Co., Ltd. (Tokyo, Japan), 1931년 초판.
- Sahm-Bo Publishing Corporation (Seoul, Korea), 1969년 재판.

이 책은 플로렌스 헤들스턴 크레인Florence-Hedleston Crane이라는 미국 선교사 부인이 한국 남부지방의 야생화들을 그리고 그 꽃들에 얽힌 이야기를 수집하여 만들었다. 그는 1913년에 개신교 목사 존 커티스 크레인John Curtis Crane(구례인具禮仁)을 따라 전라남도 순천에서 처음 선교 활동을 시작하였다. 존 크레인의 형제자매와 크레인 부부의 자녀 중 모두 6명이나 한국에서 선교사로 활동하였을 정도로 크레인 일가는 한국과 매우 관련이 깊다.

미국 미시시피 대학에서 식물학을 전공한 크레인 여사는 그림 대회에서 우승하였을 만큼 그림에 뛰어난 재능이 있었다. 한국에 들어온 이후 그는 학교에서 공예와 미술을 가르치는 가운데 틈틈이 이젤을 들고 들판에 나가 꽃을 스케치하고 마을 사람들에게서 꽃에 대한 전설을 듣고 수집하였다. 또한 한문과 한글에 능통했던 남편 크레인 목사가 한국의 고서들에서 문헌 기록을 찾아 번역해 주었고, 꽃의 학명과 분류는 식물학자 나카이 다케노신中井猛之進 동경제대 교수와 이시도야 쓰토무石戶谷勉 경성제대 교수에게 검증받기도 하였다.

이 책의 초판은 미국 노스캐롤라이나주의 조지 왓츠George Watts 부부에게 출판 비용을 지원받아 1931년에 일본 도쿄의 산세이도 출판사Sanseido Press에서 출간되고 미국의 맥밀런사Macmillan Company에서 배포되었다. 당시 미국에서 크리스마스 선물로 인기가 높았다고 한다. 시간이 지나 이 책을 구하기가 어려워지자, 1969년에 영부인 육영수 여사의 의뢰를 받아 서울 가든클럽에서 한정판 1000부를 다시 출판하였다.

이 책에는 148종의 한국 식물이 소개되었는데, 초판은 45개의 그림판으로
조합하여 7색의 목판인쇄로 제작하였다. 그러나 이 목판들은 제2차 세계
대전 때 파괴되었고 이후 재판은 사진 오프셋 기술을 사용하여 원판과 똑
같은 형태로 인쇄하였다.

각 그림 옆에는 꽃 이름을 한자와 한글로 적고, 본문 맨 위에 학명·영어명
·번역어명을 순서대로 적었다. 특히 우리말 꽃 이름의 뜻을 영어로 번역
하여 그 의미를 전달하려 노력하였으니, 이를테면 며느리꽃을 'Daughter
-in-law Flower', 물망초를 'Forget-me-not', 할미꽃을 'Grandmother
Flower' 등으로 적은 것이다. 또한 이름들과 본문의 꽃 전설이 서로 연결되
도록 설명하였다.

우리나라의 꽃들과 그 이야기들을 서양에 처음 영어로 소개한 책으로 그
의미가 아주 깊다.

# 산수유꽃

## 어찌 도리화와 봄을 다툴까

산수유꽃은 층층나뭇과 낙엽 활엽 교목인 산수유나무에서 피는 꽃이다. 산수유나무는 이른 봄에 꽃을 피우고 가을에는 붉은 열매를 맺는다. 꽃봉오리가 직전 해 가을부터 맺히는데 겨울이 지나도록 죽지 않고 있다가 봄의 문턱에 꽃을 피운다. 그래서 옛사람들은 산수유꽃을 '정성스러운 꽃'이라 하였다. 열매는 씨를 빼낸 뒤 잘 말려 차나 약으로 쓴다. 『동의보감』에는 산수유 열매가 허리와 무릎을 따뜻하게 해주고 소변을 자주 보는 증상에 효험이 있다고 하였다.

**수유꽃**                                                          **茱萸花**

굳은 절개 고고함이 백이와 같거늘                 勁節高孤似伯夷
어찌 도리화와 같은 시기에 봄을 다투겠는가?      爭春桃李肯同時

고즈넉한 산속 동산 이르는 사람 없어도　　　　　山園寂寞無人到
가득한 맑은 향기에 그저 절로 알겠거니.　　　　藹藹淸香只自知

— 곽진, 『단곡문집』 권1

　백이는 아우 숙제와 함께 주나라의 녹을 받는 것을 부끄러워하여
수양산에 들어가 굶어 죽은 이로, 절조를 상징하는 인물이다. 겨울에
꽃봉오리를 맺으면 아무리 추운 시절이 와도 뜻을 굽히지 않고 봄에
이르러, 그것도 뭇꽃에 앞서 피어나는 산수유꽃의 고고함을 백이에
빗댄 것이다. 도리화 울긋불긋한 봄에는 꽃향기가 어지럽지만, 그 전
에 피는 산수유꽃은 향기도 맑아 정신을 맑게 한다.

　이 시의 서문에서 시인 곽진은, 산수유꽃이 추위를 견디고 일찍 피
는 데다 오래도록 지지 않는 점을 사랑한다고 하였다. 산수유꽃은 진
달래나 개나리와 함께 봄꽃들 중에서 일찍 피는 꽃이다. 또 한번 꽃을
피우면 한식과 청명이 있는 4월 초까지 한 달 넘도록 피어 있다. 그래
서 최경창의 시 〈대은암大隱巖〉에도 "깊은 마을 골목엔 고요히 한식
이 지나가는데, 수유꽃만 옛 담장 가에 활짝 피어났네.深巷寥寥過寒食
茱萸花發古墻邊"라 하였다.

　산수유와 관련하여 빼놓을 수 없는 시는 당나라 시인 왕유王維의
작품이다. 중국에서는 9월 9일을 '중구절重九節'이라 하여 가절佳節
로 여겼다. 이날 붉은 수유 열매를 주머니에 넣거나 수유 가지를 머리
에 꽂은 채 높은 산에 올라 국화주를 마시며 삿된 기운을 물리치고 추
위에 대비하는 풍습이 있었다.

## 9월 9일에 산동의 형제들을 그리워하며　　九月九日憶山東兄弟

홀로 타향에서 나그네 되어　　　　　　　　獨在異鄉爲異客
명절마다 부모님 생각 간절하네.　　　　　　每逢佳節倍思親
멀리서도 알겠네, 우리 형제들 높은 산에 올라　　遙知兄弟登高處
수유를 두루 꽂고 한 사람 적다 하리라.　　　　遍插茱萸少一人

— 왕유, 『왕우승집』 권14

왕유가 이 시를 지었을 때의 나이가 열일곱이었다고 한다. 부모님과 다른 형제들은 모두 고향에서 중구절을 맞아 머리에 수유를 꽂고 국화주를 마실 텐데, 자기 혼자만 나그네가 되어 타향살이를 하고 있는 서글픔을 읊은 시다. 이 시에서 머리에 꽂은 수유는 노란 수유꽃이 아니라 붉은 수유 열매 가지다. 조선 중기 학자 윤문거도 이 시에서 착안하여 지은 시가 있다.

## 병사에서 종회하고
## 서울로 드는 중형을 보내며　　宗會于丙舍送仲氏入京

몇 해 동안 헤어졌다가 한날 기쁘게 만나　　幾年離索一日歡
오늘 아침 술잔 잡으니 온갖 생각이 드네.　　把酒今朝思百端
창밖에는 수유꽃이 만발하였는데　　　　　窓外茱萸花正發
구월에 보겠다고 한 가지와 기약하네.　　　一枝期與九秋看

— 윤문거, 『석호유고』 권1

왕유의 시가 수유 열매 붉게 물드는 가을에 지은 것이라면 윤문거의 이 시는 이른 봄, 노란 산수유꽃이 필 적에 지은 것이다. 1655년 봄, 종친회를 계기로 윤문거는 오랫동안 떨어져 지내던 형 윤순거를 만나게 되었다. 짧은 만남 후 곧 서울로 떠나는 형을 보내며 지은 시다. 창밖에 만발한 노란 수유꽃을 보고는, 가지 하나를 꺾어 9월에 다시 보기를 기약하고 있다. 중국에서 중양절에 형제들이 모두 수유 가지를 꽂고 가절을 즐기듯 자신도 가을에 수유 열매가 붉게 물들 때 형과 만나 가절을 보내고 싶다는 바람을 담은 시다.🈯️

◀ 심사정, 〈베짱이가 이슬을 마시다絡緯飮露〉 중 '산수유 열매', 간송미술관.

## 산수유꽃과 생강나무꽃

김유정의 소설 〈동백꽃〉에는 작품이 끝나기 직전 다음과 같은 구절이 나온다.

> 그리고 뭣에 떠다밀렸는지 나의 어깨를 짚은 채 그대로 퍽 쓰러진다. 그 바람에 나의 몸뚱이도 겹쳐서 쓰러지며 한창 피어 퍼드러진 노란 동백꽃 속으로 폭 파묻혀 버렸다. 알싸한 그리고 향긋한 그 냄새에 나는 땅이 꺼지는 듯이 온 정신이 고만 아찔하였다.

이 소설에 나오는 동백꽃은 봄에 볼 수 있는 붉은 동백꽃이 아니라 생강나무꽃이다. 강원도에서는 생강나무를 동박나무 또는 동백나무라 하고 생강나무꽃을 동백꽃이라 한다.

노란 꽃 빛깔도 그렇고 피는 시기도 비슷하여 생강나무꽃과 산수유꽃을 혼동하는 경우가 많다. 생강나무꽃은 만지면 생강 냄새가 난다고 하여 붙은 이름이다. 향으로도 그 둘을 구분할 수 있지만, 생강나무 줄기는 맨들맨들한 반면 산수유나무 줄기는 거친 것이 특징이다.

# 서향화

## 천 리로 퍼지는 그윽한 향기

서향은 중국이 원산지인 상록수로 높이가 2미터에 불과하며 추위에
약하여 남부지방 외의 지역에서는 바깥에 심을 수 없다. 3~4월에 피
는 꽃은 진한 향기가 천 리를 간다고 해서 '천리향'이라고 하는데 심
지어는 '만리향'이라 부르기도 한다.

　최자의 『보한집』에 이 꽃이 언급된 것으로 보아 고려 중기에 우리
나라에 들어온 것으로 보인다. 충숙왕이 원나라에 인질로 잡혀 있다
가 1316년에 귀국하면서 가져왔다고 전하기도 한다. 조선 전기의 시
인 최립은 시 〈서향화〉에서 "종자가 여산에서 나온 지 몇 년인가? 섣
달을 지나자 매화가 피기 전에 꽃이 피는구나.種出廬山問幾年 花開臘後
是梅前"라고 하여, 조선 시대에 서향화가 중국에서 들여온 꽃인 만큼
호사가들에게 귀한 대접을 받았으며, 섣달이 지나고 나면 매화보다
먼저 피는 꽃임을 언급하였다. 물론 이때의 서향화는 중부지방의 야

외에서 월동할 수 없으므로 화분에 심어 집 안에서 추위를 피하도록 한 것이었다.

## 서향화　　　　　　　　　　　　　　　　　　　　瑞香花

움 속의 서향화가 흐드러지게 피는데　　　　　窨中開遍瑞香花
청명에 꽃대를 내미니 향기가 집 안 가득하네.　擎出淸明香滿家
콧구멍으로 소통한 뒤에 두 눈을 비비고 보니　鼻觀先通揩兩眼
연분홍 꽃송이들이 나뭇가지에 흩어져 있네.　　淡紅枝上散餘花

— 이색, 『목은시고』 권28

이색의 이 시는 추위를 막기 위해 움 속에 간직해 둔 서향화가 피어 온 집 안에 향기가 가득 퍼진 상황을 포착하고 있다. 이 서향은 중국에서 들여온 귀한 꽃일 뿐 아니라 야외에서 월동할 수 없기 때문에 화분에 심어 놓은 것으로 보인다. 콧속으로 들어온 꽃향기를 통해 서향화의 개화를 포착한 시인이 그것을 눈으로 직접 확인하는 과정과 모습을 담고 있다.

## 가원 댁의 서향을 읊다　　　　　　　　　　　詠可遠宅瑞香

밝은 창가의 흑단나무 책상에서　　　　　　　明窓烏木机
편안히 앉아 고요함과 홀가분함을 즐기네.　　宴坐樂幽獨
이분이 이 꽃을 마주하려면　　　　　　　　　斯人對此花

반드시 갓과 패옥을 갖추고 보리라. 直須冠佩覿

— 이숭인, 『도은집』 권3

이 시는 이숭인이 권근의 집에 핀 서향화를 보고 지은 것이다. 권근이 느긋하게 앉아 혼자만의 시간을 즐기는 사람이지만 상서로운 향기를 풍기는 이 꽃을 마주할 때는 흐트러진 옷매무새를 바로잡고 의관을 정제한 뒤에야 감상하리라 짐작하고 있다. 그만큼 서향화를 귀하고 기품 있는 꽃으로 인정하고 있다. 🌸

# 난꽃

## 천향을 사랑하여

### 저녁 바람 앞에 섰네

난꽃은 난초과 식물에서 피는 꽃이다. 종류에 따라 다양한 계절에 개화하는데, 봄에 꽃을 피우는 난을 특별히 '춘란'이라 하고 가을에 꽃을 피우는 난을 '추란'이라 한다. 굴원의 「이소」에 난초를 심었다는 말이 있고, 송나라 때부터 난은 사군자의 하나로 여겨졌다. 그만큼 난은 긴 세월 동안 사람들의 사랑을 받아 온 식물로서, 애호가들이 수많은 글과 그림을 남겼다.

**금성여사의 운향 난초 그림을 두고 짓다**　　　題錦城女史芸香畫蘭

사람은 그려도 한은 그리기 어렵고　　　　　　　　畫人難畫恨
난은 그려도 향기는 그리기 어렵지.　　　　　　　畫蘭難畫香
향기를 그리며 한까지 그렸으니　　　　　　　　　畫香兼畫恨

응당 그림 그릴 때 애가 끊어졌으리. 應斷畵時腸

— 신위, 『경수당전고』 책29

금성여사가 그린 난 그림을 보고 자하 신위가 지은 시다. 금성여사가 누구인지는 미상이다. 그림에다 자신의 한을 담고 난향까지 담았다 하니 그림에 조예가 깊고 한스러운 삶을 산 인물로 짐작된다. 난꽃

이하응, 〈석란도石蘭圖〉, 국립고궁박물관.

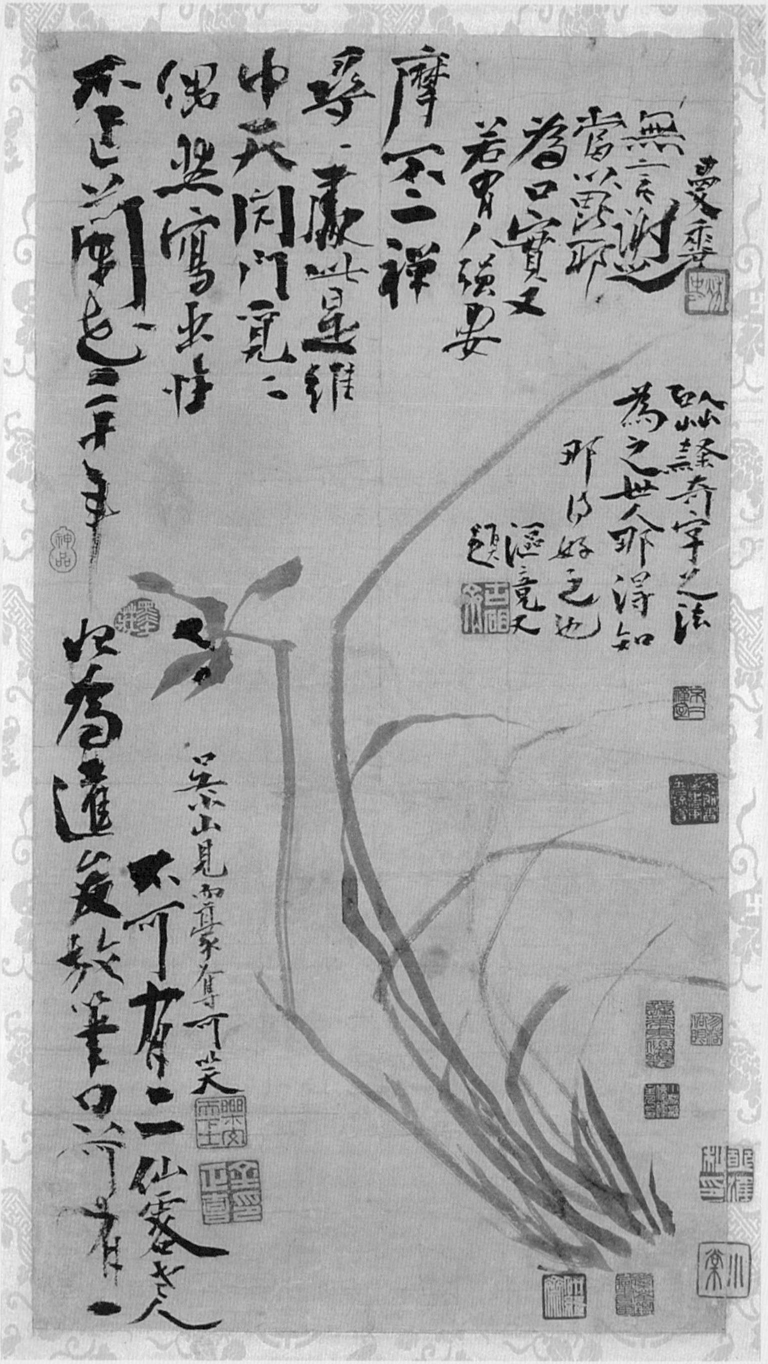

摩不二禪

尋一應世是維
中共開門見二
偶與寫出性

無一可得
當以數邪
者只實文
若貫人強安

曼殊書

弘豁奇字之法
為之世人所得知
那曰好之也
溫竟又

吳山見如真家奪可笑

六何有二仙寮老人

此君遠發於筆□何者一

향기까지 담았다고 하니 자하가 본 그림은 아마도 꽃이 피어 있는 난초 그림이었을 것이다.

난초는 일반적으로 그 꽃에 주목하기보다는 고결한 자태의 잎이 애호되었다. 그래서 난은 '친다'고 하지 '그린다'고 하지 않는다. 강희안은 난초를 두고 "이른 봄 꽃이 필 때 등불을 켜고 책상머리에 두면, 벽에 비친 잎의 아름다운 그림자를 즐길 수 있고 책을 읽는 동안 졸음을 없앨 수 있다."라 하였다. 옛사람들은 난초의 잎뿐만 아니라 그 그림자도 사랑하였던 것이다. 게다가 봄밤에 난꽃 향기까지 더해지면 그 정취가 어떻겠는가.

예로부터 그윽한 난꽃 향기를 사랑한 이들이 많다. 집에서는 분재를 하지만 야생의 난은 보통 무리를 지어 자란다. 특히 한창 꽃이 필 때 그 주변은 그윽한 향으로 가득하다. 고종 때 이조판서를 지낸 한장석은 길가의 난꽃을 다음과 같이 읊었다.

**문교로 가는 길가에 난초꽃 가득 보이기에**　　　　文橋路上彌望蘭花

그윽한 꽃이 오솔길 덮어 절로 떨기를 이루니　　　　幽花被徑自叢叢
천향을 사랑하여 저녁 바람 향하여 섰네.　　　　　　爲愛天香傃晚風
군자의 장식에 못 쓰이는 것은 한스럽지 않지만　　　不恨未充君子佩
땔나무 속에 섞여 들어감은 면하게 해야지.　　　　　免敎混入束薪中

― 한장석, 『미산집』 권3

시인은 길을 지나다 길가에 가득 핀 난꽃 향을 제대로 맡기 위해 바

---

◀ 김정희, 〈불이선란도不二禪蘭圖〉, 국립중앙박물관.

김정희, 〈세외선향〉(『난맹첩蘭盟帖』), 간송미술관.

람이 불어오는 방향으로 한참을 서 있었음에 틀림없다. 그러고는 그 길가의 난들이 사대부가에서 어엿이 길러지는 신세는 못 되더라도 땔나무에 섞여 들어가서야 되겠는가 하는 걱정과 안타까움을 위 시에 담고 있다.

우리나라에서 난초 그림으로 유명한 이는 추사 김정희다. 그중 '세상 밖 신선의 향기'라는 뜻의 '세외선향世外僊香', 20년 동안 마음속에 품고 있던 난초를 그려 내고 유마거사의 불이법문不二法門에 견준

'불이선란不二禪蘭'이 특히 유명하다. '불이선란'은 마음속의 난과 종이 위의 난이 둘이 아니라는 뜻이며, 이 그림은 '난초를 그리지 않은 그림'이라는 뜻으로 '부작란도不作蘭圖'라고도 한다. 추사 외에 난을 잘 치기로 이름난 사람이 흥선대원군이었는데, 대원군이 되기 전에 추사에게서 난 치는 법을 배웠다고 한다. 흥선대원군은 추사가 친 난을 흠모하여 추사의 난을 그대로 모사하기도 하였다. 👤

# 산반화

물들이는 쓰임 더욱 좋구나
그윽한 향 좋은데

산반화는 우리나라의 노린재나무꽃을 말한다. 중국에서는 2~3월에 개화하지만 우리나라에서는 5~6월에 주로 산속에 많이 핀다. '노린재나무'라는 이름은 가지를 태우면 그 남은 재가 노란색이라 붙은 것이다. 꽃향기가 진하고 멀리까지 퍼져 '칠리향七里香'이라고도 불린다. 생김새와 피는 시기가 팥배나무꽃과 비슷하여 많이 혼동하는데, 잎 모양이 전혀 다르게 생겼다. 천을 물들일 때 매염제(명반·백반)로 쓰였기에 '산반山礬'이라는 이름이 붙었다.

### 산반

쓰임은 산반이요 모습은 옥 꽃술이니
예쁜 이름 하나가 아닌들 무슨 상관이랴?

### 山礬

功卽山礬狀玉蘂
佳名不一亦何妨

| | |
|---|---|
| 깊은 봄 온 산과 들에 향기 퍼지니 | 春深芬馥遍山野 |
| 칠리향이라 불러도 마땅하네. | 又爾宜稱七里香 |

| | |
|---|---|
| 들판의 그윽한 꽃 세상에 알려지지 않아 | 野有幽花世莫聞 |
| 개암나무, 상수리나무와 무리를 이루네. | 叢榛苞櫟與爲羣 |
| 염색하는 사람이 명반으로 사용할 뿐 | 染家只解充礬用 |
| 옥 같은 꽃술과 질은 향기 누가 구분하랴? | 玉蘂芸香誰更分 |

— 김창업,『노가재집』권3

작품 속에서 시인은 산반화의 여러 가지 성격을 묘사하고 있다. 제명의 주석에 산반화의 다양한 이름을 적었는데, 속명인 노린재나무꽃〔老論材〕과 칠리향·운화〔芸〕·옥예화玉蘂花가 그것이다. 모두 산반화의 속성들을 드러낸 이름이다.

염색을 위한 매염제로 명반 대신에 쓰였기에 '산반'이라 불렀지만, 작고 하얀 꽃잎과 꽃술이 두드러지기에 '옥예화'라고도 하였다. 또한 향기로운 풀 '운향芸香'에서 따와 '운화芸花'라 부르기도 하였으며, 그 향기가 7리 밖까지 퍼진다 하여 '칠리향'이라 이름 붙였다. '노린재나무'라는 이름 또한 산반화의 매염제로서의 성격을 잘 보여 준다.

첫 번째 작품에서는 산반화가 염색의 쓸모 외에도 아름다움과 향기를 지닌 꽃이라 하며, 이 때문에 아름다운 이름을 여러 가지 갖게 되었다고 하였다. 그러나 두 번째 작품에서는 이토록 다재다능한 산반화가 온갖 나무 사이에 섞여 덤불을 이루는 탓에 그 가치를 알아보는 이가 없음을 한탄한다. 간혹 알아보는 이가 있다 해도 그저 매염제로 사용할 뿐, 하얀 꽃잎과 진한 향기를 지닌 꽃 자체의 아름다움은 제대로 아는 이가 없다며 아쉬움을 드러낸다. 이는 숨겨진 아름다움을 알아보는 자신의 안목과 감식안을 은근히 자랑하는 것일 수도 있으며, 한편으로 자신의 쓸쓸한 처지를 산반화에 빗대고 있는 것일지도 모른다.

산반화의 매염제로서의 속성과 짙은 향기에 대해서는 일찍이 북송의 황정견도 시로 읊은 바 있다. 그는 〈고절정 가에 핀 산반화를 장난삼아 읊다戱詠高節亭邊山礬花 二首〉(『산곡내집시주山谷內集詩注』 권19)라는 작품의 서문에서 다음과 같이 산반화를 묘사하였다.

강남 들판에 작고 흰 꽃들이 수척 높이의 나무에 피었는데, 봄에 개화하면 향기가 진동한다. 그곳 사람들이 이를 '정화鄭花'라 불렀다. 왕형공(왕안석)이 일찍이 이 꽃을 얻어 키우고자 하면서 시를 지었는데 이름을 빠뜨렸다. 이에 내가 '산반'이라 불렀다. 마을 사람들이 정화(산반화)를 채취하여 천을 황색으로 물들였는데 명반 없이도 염색할 수 있었다. 이에 이름을 '산반'이라 붙인 것이다.

한편으로 황정견은 시 〈수선화〉에서도 "산반꽃은 동생, 매화꽃은 형이라오.山礬是弟梅是兄"라고 하였다. 이는 수선화가 화신풍 중 소한의 세 번째에 피는 꽃으로, 소한의 첫 번째 꽃인 매화와 대한의 세 번째인 산반화 사이에 있어 한 말이다. ▣

## 이익, 〈유자·적자黝紫赤紫〉

지금 중국 연경의 시장에는 목단색牧丹色이 있다. 이는 짙고 옅은 검푸른 자색(유
자색) 종류인데 옛날에는 이런 게 없었다. 송나라 인종仁宗 때에 남쪽에서 온 염
색공이 산반 잎을 불태운 재로 자색에 물들여 검푸른 자색을 만들었다. 이것을
나라에 바쳤는데 사람마다 좋아하지 않는 이가 없었다. 마침내 나라에서 지나치
게 사치스러운 복색이라 하며 엄히 금지하였다. 남경으로 도읍을 옮긴 이후에는
귀천을 막론하고 모두 푸른 자색 옷을 입고, 한편 적자색은 임금이 좋아한다는
이유로 감히 입을 수 없게 되었다.

지금 적자색은 자초紫草로 물들이는데, 우리나라 사람은 이를 자주색이라 하나
끝내 '유자색'은 무슨 물건을 써서 물들이는지 알지 못하였다. '모란색'이라고 일
컬은즉, 아마도 모란꽃과 잎을 불태운 재로 물들이는 듯하다. 『명신록名臣錄』을
상고컨대, "영종英宗 초상 때 구양수가 최질衰絰(상중에 입는 삼베옷) 밑에 자줏빛
나는 긴사포緊絲袍를 입고 들어왔다."고 하였으니, '자주'라는 이름은 옛날부터
있었다.

— 『성호사설』 권4, 「만물문」

## 화신풍花信風

'화신풍'은 '꽃 피는 소식을 알리는 바람'이라는 뜻이다. 중국의 풍속지 『세시잡기』의 '이십사번화신풍二十四番花信風'에서 유래한 것으로 초봄부터 초여름까지 꽃이 필 무렵에 부는 바람이다. 1월 6~7일의 소한부터 4월 20일 즈음의 곡우까지 120일 동안 한 절기마다 5일에 한 번씩 모두 스물네 번 이런 꽃바람이 불어온다. 소한에 처음 부는 바람이 매화풍이고, 춘분에 접어들어 해당풍이 불고, 곡우에 마지막으로 연화풍이 불면 '입하'가 되면서 여름이 시작된다.

소한小寒(1월 6~7일) :　매화풍梅花風 · 산다풍山茶風 · 수선풍水仙風

대한大寒(1월 20~21일) :　서향풍瑞香風 · 난화풍蘭花風 · 산반풍山礬風

입춘立春(2월 3~5일) :　영춘풍迎春風 · 앵도풍櫻桃風 · 망춘풍望春風

우수雨水(2월 18~19일) :　유채풍油菜風 · 행화풍杏花風 · 이화풍李花風

경칩驚蟄(3월 5~6일) :　도화풍桃花風 · 당리풍棠梨風 · 장미풍薔薇風

춘분春分(3월 20~21일) :　해당풍海棠風 · 이화풍梨花風 · 목련풍木蓮風

청명淸明(4월 5~6일) :　동화풍桐花風 · 맥화풍麥花風 · 유화풍柳花風

곡우穀雨(4월 20~21일) :　목단풍牧丹風 · 도미풍酴醿風 · 연화풍楝花風

[신이화 辛夷花 · 영춘화 迎春花]

# 개나리꽃

## 갓 태어난 병아리의 봄빛을 담았네

개나리는 전국의 산야에 산재하는 물푸레나뭇과의 활엽 관목으로 꽃은 4월에 노랗게 핀다. 우리나라 특산종으로 봄을 대표하는 꽃 중 하나이다. 연교連翹라고 불리는 열매는 늙은 나무에만 맺히며 한약재로 쓰인다.

| 들길을 가며 | 野行 |
|---|---|
| 물가의 역참에 창망히 해가 지는데 | 水驛蒼茫落日時 |
| 어촌 주막집이 멀리 흐릿하네. | 漁村酒店遠依依 |
| 개나리꽃 활짝 핀 긴 제방 길을 | 辛夷花發長堤路 |
| 나귀 타고 돌아오노라니 비가 옷에 가득하네. | 驢背歸來雨滿衣 |

— 이산해, 『아계유고』 권1, 「기성록」

플로렌스 크레인, 〈개나리꽃〉(『머나먼 한국의 야생화와 이야기』).

이 시는 경상도 평해의 황보촌黃保村에 유배 중이던 이산해가 개나리꽃이 활짝 핀 제방 길을 따라 빗속에 나귀를 타고 돌아오면서 지은 작품 두 수 중 첫째 수이다. 물가에 있는 역참에서 바라보니 멀리 어촌의 주막집이 흐릿하게 보이는데, 객지에서 맞는 황망한 저녁 분위기와는 달리 개나리가 흐드러지게 핀 방죽을 따라 비를 맞으며 돌아오는 시인의 모습은 오히려 느긋하다. 이러한 분위기는 이 작품의 둘째 수에 잘 반영되어 있다.

| | |
|---|---|
| 실바람 비를 몰아 푸른 도롱이 적시는데 | 小風吹雨濕靑簑 |
| 깔개같이 싱그러운 풀에 길은 경사졌네. | 芳草如茵細路斜 |
| 백발로 꽃 보며 때때로 스스로 웃으니 | 白髮看花時自笑 |
| 천애 바닷가에 떨어져 있음 알지 못하네. | 不知流落海天涯 |

실바람에 불리는 비가 도롱이를 적시는 가운데 경사진 길에는 싱그러운 풀이 양탄자처럼 깔려 있고 꽃이 흐드러지게 피어 있다. 늘그막에 곱게 핀 개나리꽃을 보면서 때때로 스스로 웃음을 짓다 보니 시인은 거주지인 한양에서 천 리 밖에 떨어져 나와 있는 자신의 처지를 잊게 된다는 것이다.

노란 빛깔의 개나리꽃을 보면서 어린이의 해맑은 웃음을 떠올리는 것은 자연스러운 일이다. 노란 복장에 노란 모자를 쓴 유치원생들을 보며 개나리꽃을 입에 문 병아리를 떠올리는 것은 지나친 상상일까? 🌺

앵두꽃

못내 가련하여라
부질없는 세상

앵두꽃은 장미과의 낙엽 활엽 관목인 앵두나무에서 음력으로 2월 중순, 양력으로는 3월 말에서 4월 초에 피는 꽃이다. 그 꽃말이 '수줍음'이듯 앵두꽃은 봄철에 피는 꽃이면서도 그 모습이 결코 화려하다 할 수 없고 그마저도 오래 피어 있지 않아 요즘 더욱 보기 어려운 꽃이 되었다.

| 정원에 활짝 핀 앵두꽃이 | 庭際有櫻桃花盛開 |
| 사흘 만에 졌기에 감회가 있어 | 未三日還落有感 |

| 꽃 소식은 사흘도 가지 못하고 | 花事無三日 |
| 인생사는 백 년도 되지 못하는구나. | 人生少百年 |
| 성쇠의 이치는 다 같은 법 | 盛衰同一理 |

부질없는 세상 못내 가련하여라.　　　　　　　　　　浮世更堪憐

— 이수광, 『지봉집』 권13

　이수광이 앵두꽃의 짧은 개화 기간에 착안하여 지은 시다. 앵두꽃의 개화 기간은 길어야 일주일 남짓이다. 시인이 본 앵두꽃은 사흘도 못 되어 떨어졌다고 하니 나무에 따라 꽃을 피우는 기간도 다를 수 있는 듯하다. 시인은 피었다가 금세 진 앵두꽃을 아쉬워하는 것에 그치지 않고 세상살이의 부질없음까지 읊고 있다.

　조선 시대에는 궁궐에 앵두나무가 많았다. 세종의 맏아들 문종은 효성이 지극한 것으로 유명했다. 세종이 약을 먹게 되면 먼저 맛보고 수라상도 친히 살펴 올렸다. 밤이 되어서도 세종이 물러가라고 할 때까지 그 곁을 지키고 있었다. 세종은 앵두를 좋아했다. 그래서 효성 지극한 아들 문종은 세자 시절 경복궁 후원에 손수 앵두나무를 심어 앵두가 익으면 따다 세종에게 바쳤다. 세종은 세자가 바친 앵두를 맛보면서 "외부에서 바친 것이 어찌 세자가 손수 심은 것과 같겠느냐." 며 기뻐했다고 한다. 이후 궁궐 여기저기에 앵두나무를 잔뜩 심어 봄이 되면 궁궐에 앵두꽃이 만발하였다고 한다. 오늘날에도 경복궁이나 창덕궁, 창경궁과 같은 궁궐에서 앵두나무를 어렵지 않게 볼 수 있는 것은 이러한 사연에 기인한다.

　박규수가 1829년에 지었다고 전하는 〈봉황이 날아와 춤추었다는 순임금의 음악을 이은 절구鳳韶餘響絶句〉에 "앵두꽃 만발하여 온 궁궐이 밝은데, 잎이며 가지마다 모두 임금의 효성일세.櫻桃花發滿宮明 葉葉枝枝總睿情"라는 구절이 있다. 이로 보아 세종과 문종에 얽힌 에

플로렌스 크레인, 〈앵두꽃〉(『머나먼 한국의 야생화와 이야기』).

피소드로 인해 궁궐 여기저기 심은 앵두나무는 조선 말까지도 궁궐
에서 흔히 목격되었음을 알 수 있다.

수줍은 꽃에 걸맞게 그 열매인 앵두는 미인의 입술에 자주 비유된다. 또 동글동글한 모습 때문에 개구리알에 견주어지기도 하였다. 이규보는 "탄환처럼 생긴 것도 부질없으니, 뭇 새가 입에 무는 것을 막기 어렵네.徒爾圓如彈 難防衆鳥含"라 하여 앵두가 새를 해할 수 있는 탄환처럼 생겼지만 오히려 새들에게 먹히는 아이러니한 상황을 읊기도 하였다.

궁궐 외에 앵두꽃으로 유명했던 곳은 성균관 밖 송동이었다. 지금의 서울과학고 인근이다. 우암 송시열의 집이 있던 곳이라 해서 송동이라 불렀는데, 이곳에 앵두나무가 많아 20세기 초반까지만 해도 봄철 앵두꽃이 필 때면 꽃구경 온 사람들로 북적였다고 한다. 🈺

# 살구꽃

고향의 꽃
청명 시절 혼을 끊는

살구꽃은 장미과에 속하는 낙엽 활엽 교목인 살구나무에서 봄이 한창일 때 피는 꽃이다. 꽃 모양만 보면 살구꽃은 매화나 벚꽃과 구분하기 쉽지 않다. 나무의 껍질이나 꽃받침의 모양 등으로 구분하기도 하지만 가장 손쉽게 이 셋을 구분하는 기준은 개화 시기이다. 매화가 가장 먼저 피고 매화가 질 무렵, 한식과 청명의 절기에 피는 꽃이 살구꽃이다. 벚꽃은 살구꽃이 질 무렵에 핀다. 조선 시대에는 살구꽃이 한창 피는 시기에 문무과 최종 시험인 전시가 시행되었기 때문에 살구꽃을 급제화라 부르기도 하였다.

## 물가의 살구꽃                                  臨水杏花

박씨 같은 흰 이에 붉은 입술 말아 올리고                 瓠犀齒白捲脣紅

그윽한 맑은 향기 새벽바람에 흩어지네.　　　蘭麝淸香散曉風

아리따운 얼굴 쉬이 늙을까 두려운 듯　　　似怕嬌顔容易老

연지와 분 옅게 바르고 거울에 비추어 보네.　　淡施脂粉照靑銅

— 성현, 『속동문선』 권9

　살구꽃은 다양한 상징을 지닌 꽃이어서 이 꽃을 두고 읊은 시가 많다. 그런데 성현의 위 시처럼 살구꽃을 관찰하고 그 생태에 주목하여 읊은 시는 드물다. 말린 박씨는 그 빛깔이 희고 모양이 마치 사람의 치아 같다. 매화는 꽃받침이 꽃잎을 둥글게 감싸 안고 있다면 살구꽃은 붉은 꽃받침이 뒤로 말리는 특성이 있다. 시인은 꽃받침 쪽에서 본 살구꽃을 이렇게 미인으로 형용하고 있다.

　살구꽃은 화려하기는 하지만 기껏해야 일주일 정도 피었다 진다. 세 번째 구절에서 그러한 짧은 개화 시기의 특성을 환기하고 있다. 꽃잎이 희다고 하였지만 자세히 보면 마치 옅은 화장을 한 듯 붉은빛이 돌기도 하는데, 연지와 분을 옅게 발랐다는 것은 이를 가리킨다. 물가에 서서 물 위로 드리운 가지에 피어난 살구꽃이 마치 거울을 보는 여인을 떠올리게 하기에 이렇게 묘사한 것이다.

　한편 시조 시인 이호우의 〈살구꽃 핀 마을〉이라는 시조는 "살구꽃 핀 마을은 어디나 고향 같다"라는 구절로 시작한다. 동요 〈고향의 봄〉에도 "복숭아꽃 살구꽃 아기 진달래"라는 소절이 있다. 살구꽃은 고향의 꽃을 상징하기도 하는 것이다.

# 꽃을 보니 생각나　　　　　　　　　見花有思

매화 반쯤 지고 살구꽃 피어나니　　　　　梅花半落杏花開

바다 밖 타향에도 봄빛을 재촉하네.　　　　海外春光客裏催

멀리서 생각건대 고향집 뜨락 담장 북쪽 모롱이　遙憶故園墻北角

몇 그루 아리따운 나무는 내가 직접 심은 거지.　數株芳樹手曾栽

— 김진규, 『대동시선』 권5

　살구꽃이 매화가 질 무렵 핀다는 점을 위 시에서도 확인할 수 있다. 김진규는 조정에서 벼슬하다가 1689년 기사환국 때 거제도로 유배되었다. 유배지에서 고향을 그리워하며 지은 것이 위 시다. 남쪽 나라에 살구꽃이 피어나니 아무리 유배객의 신세라 해도 감흥이 없을 수 없다. 유배지에서 만난 살구꽃을 보고 고향집에서 자신이 심은 살구나무를 떠올린 것이다.

　살구꽃은 서울의 봄을 상징하는 꽃이다. 김종직은 한양에 봄이 오면 온통 살구꽃 천지여서 마치 뿌연 안개가 낀 듯하다고 하였고, 자하 신위도 "무릇 도성의 십만 호가, 봄 들어 온통 행화촌이네.大抵王城十萬戶 春來都是杏花村"라 읊은 적이 있다. 서울에는 그만큼 살구꽃이 많았다. 살구꽃으로 특히 유명했던 곳은 필운대다. 지금의 배화여대 경내에 있던 필운대에 살구꽃이 만개하면 꽃구경 온 사람들로 날이 저물도록 북적였다. 박지원은 〈필운대에서 살구꽃을 구경하며弼雲臺看杏花〉라는 시에서 그러한 인파를 "꽃 아래 천만인花下千萬人"이라 하였으니 얼마나 많은 사람들로 북적였던가를 짐작할 수 있다.

---

심사정, 〈제비가 날며 살구꽃 향기 맡네燕飛聞杏〉, 간송미술관. ▶

박목월의 시 〈나그네〉에 "술 익는 마을마다 타는 저녁 놀"이라는
구절이 있다. 술 익는 마을에는 왠지 살구꽃이 한창일 것 같다. 실제
로 중국 명주로 꼽히는 펀주汾酒의 고향이 바로 산서성山西省 분양시
汾陽市의 행화촌이다. 펀주의 역사가 1500년이 넘었다고 하니 당나
라 이전부터 행화촌 술이 유명하였음을 알 수 있다. 행화촌은 이름 그
대로 봄이면 살구꽃이 만발하였던 곳이라 상상할 수 있다.

중국에는 시로 인해 유명해진 행화촌도 있다. 당나라 시인 두목杜
牧이 〈청명〉에서 읊은 행화촌이다.

### 청명 清明

청명 절기에 비가 부슬부슬 내리니 清明時節雨紛紛
길 위의 나그네 혼이 끊어지려 하네. 路上行人欲斷魂
주막이 어디인지 물으니 借問酒家何處有
목동은 멀리 살구꽃 핀 마을 가리키네. 牧童遙指杏花村

— 두목, 『천가시』

청명절을 두고 읊은 시다. 시인이 맞은 청명절은 그 이름과 달리 부
슬부슬 비가 내리는 날이었고 게다가 시인은 나그네 신세였다. 이 시
의 3, 4구가 특히 유명하여 조선 시대에 살구꽃 피는 계절을 읊은 시
에서는 대개 술집과 행화촌을 관련짓고 있다.

그럼 두목이 나그네로 떠돌다가 청명절에 비를 만나 찾은 행화촌
이 바로 펀주의 고향 행화촌일까? 두목이 찾아간 행화촌은 펀주의 본

향 산서 행화촌과는 다른 곳이다. 중국에 행화촌이라는 이름의 마을은 여럿이고 그중 두목이 찾은 곳은 오늘날 남경 외곽인 안휘성安徽省 지주池州에 있는 행화촌이다. 우연찮게 편주의 본향도 행화촌이고 두목이 찾은 주막도 행화촌이었던 것이고, 공교롭게 두 행화촌 모두 술을 떠올리게 하는 곳이다.

이렇게 살구꽃 핀 마을은 술 익는 마을과 자연스레 연결된다. 그러니 고려 말 조선 초의 시인 정이오가 꿈결 같은 봄날을 두고 읊은 "천금으로도 오히려 좋은 계절을 살 수 없는데, 뉘 집에 술이 익어 가길래 꽃이 저리도 피었는가.千金尙未買佳節 酒熟誰家花正開"라는 구절에서 술 익는 마을에 핀 꽃도 응당 살구꽃일 것이다.

그러나 살구꽃이 봄날의 흥취만을 담고 있는 것도 아니다. 고려 때 시인 정포가 경상도 양산의 객사에서 정인과 이별하며 지은 시에서 "지는 달 뜰에 문을 반나마 열고 나서는데, 살구꽃 성근 그림자 옷에 가득하네.落月半庭推戶出 杏花疎影滿衣裳"라 하여 살구꽃 그림자를 소환해 이별의 애절함을 노래하였고, 풍류객 월산대군은 〈한식〉이라는 시에서 "꾀꼬리 울며 단청 누각으로 사라지니, 한 그루 살구꽃이 저리 곱게 피었네.流鶯啼向畵樓去 一樹杏花開正姸"라며 화려한 봄날 너머의 쓸쓸하면서도 소담한 풍경을 읊기도 하였다. 🌼

## 살구씨의 독

살구씨는 '행인杏仁'이라 하여 한약재로 쓰이며 독이 있다고 한다. 송나라
문인 주밀周密은 살구씨에 독이 있음을 다음과 같이 적고 있다.

　살구씨에는 대단한 독이 있기 때문에 반드시 푹 삶아 씨 속의 흰 빛깔이 완전히
　사라지고 나서야 먹을 수 있다. 날것의 살구씨는 사람을 죽일 수도 있으며, 만약
　살구씨 삶은 물을 개나 고양이가 마시면 곧바로 죽는다.

예전에는 개고기를 먹고 체하거나 개에 물렸을 때 살구가 효험이 있다고
믿었다. 또 개가 살구 열매를 먹으면 죽는다고도 하였다. 이렇게 개[狗]와
상극인 성질에 착안하여 '살구'라는 이름이 개를 죽인다는 뜻의 '살구殺狗'
에서 온 것이라 여기기도 했다. 그러나 조선 중기 문헌에 살구가 '슬고'로
표기되어 있음을 생각하면, '살구殺狗'에서 유래했다는 해석은 잘못된 것
임을 알 수 있다.

## 음탕한 것을 좋아하는 살구나무

명말청초의 문인 이어李漁의 『한정우기閑情偶寄』에는 살구나무와 관련해 재미있는 이야기가 전한다. 살구나무가 음탕한 것을 좋아하는 나무라는 것이다.

살구를 심어 열매가 열리지 않을 때 처녀가 늘 입는 치마를 나무에 묶으면 바로 주렁주렁 열매가 맺힌다. 내가 처음에는 믿지 않았으나 시험해 보았더니 정말 그랬다. 나무의 본성이 음탕한 것을 좋아하는 것으로 살구나무보다 더한 것이 없어 내가 일찍이 '풍류수風流樹'라 이름 붙였다.

과학적인 근거가 있는 것은 아니지만 이어는 직접 시험해 보고 살구나무의 본성이 음탕한 것을 좋아한다고 철석같이 믿었던 듯하다. 더 나아가 그는 살구나무뿐만 아니라 어떤 나무든 열매를 맺지 않으면 미녀의 치마를 묶으면 된다고 하였고, 자식을 낳지 못하는 남자도 미인의 바지를 입으면 효험이 있다는, 오늘날의 시각으로 보면 다소 황당한 주장을 펼치기도 하였다.

# 자두꽃

순백의 아름다움 나무 가득 빛나는

자두의 우리말은 '오얏'으로 자두꽃은 '오얏꽃'이라고도 불린다. '자두'라는 이름은 '진한 보라색, 복숭아를 닮은 열매'라는 뜻으로 부르던 '자도紫桃'가 변한 것이다. 4월에 꽃이 피고 7월에 열매를 맺는다. 자두나무는 『시경』에서 "주나라에서는 매화와 오얏을 꽃나무의 으뜸으로 쳤다."고 할 정도로 중국에서는 귀한 나무였다. 보통 '도리화'라고 하여 복숭아꽃과 함께 봄을 알리는 대표적인 꽃이다. 화신풍 중 유채꽃, 앵두꽃과 함께 우수雨水 절기의 세 번째 꽃이다.

### 자두꽃을 읊다　　　　　　　　　　　　題李花

너는 나와 같은 성씨　　　　　　　　　　汝與我同姓
봄을 만나 좋은 꽃 피웠네.　　　　　　　逢春發好花

내 얼굴은 예와 달라　　　　　　　　　　吾顔不似舊

귀밑에 서리만 가득하구나.　　　　　　　反得鬢霜多

— 이규보, 『동국이상국전집』 권14

이 시는 '오얏 리李' 성씨를 가진 이규보의 재치 넘치는 작품이다. 같은 성씨인 자두꽃은 봄을 맞아 변함없이 좋은 꽃을 피우건만, 나는 세월이 갈수록 늙어 얼굴에 수염이 하얗게 세고 있다고 한다. 자두꽃의 꽃잎 역시 흰 빛깔로 이규보의 얼굴에 가득한 수염의 흰색과 짝을 이룬다. 자두꽃의 하얀 빛깔은 당나라 문인 한유韓愈의 〈자두꽃李花〉(『한창려집韓昌黎集』 권5) 가운데 "큰 여인과 향기 높은 부인 사방에 늘어섰는데, 흰 치마와 하얀 수건 다름이 없네.長姬香御四羅列 縞裙練帨無等差"라는 표현으로도 유명하다.

이규보는 자신과 성씨가 같아 자두꽃을 가장 좋아한다고 여러 번 말하였다. 〈여섯 가지 무내하六無奈何〉(『동국이상국전집』 권3)라는 작품은 봄의 대표적인 풍광 여섯 가지로 푸른 버들, 향기로운 풀, 붉은 살구꽃, 붉은 복숭아꽃, 자두꽃, 앵두꽃을 읊은 것이다. 여기에서도 다섯 번째로 자두꽃을 노래하면서, "성이 같은 나무라 가장 사랑하니, 지난해와 같은 꽃이 피었네.最憐同姓木 還有去年花"라고 하였다.

옛 문인들은 작은 꽃들이 나무 가득 풍성하게 핀 것을 자두꽃의 아름다움으로 보았다.

전傳 이교익, 〈오얏꽃과 복사꽃〉, 국립중앙박물관. ▶

## 자두꽃                                                    李花

자두꽃은 응당 멀고 또 무성해야 하니          李花宜遠更宜繁
오직 멀고 무성해야만 비로소 볼만하네.        惟遠惟繁始足看
성긴 그림자 짓는 강가의 매화를 배우지 마라,   莫學江梅作疏影
가풍은 제각기 그렇고 그러한 것이니.          家風各自一般般

— 양만리楊萬里

남송의 시인 양만리는 옛 시인들이 늘 읊는 매화의 아름다움인 달밤의 성긴 그림자는 본디 자두꽃의 것이 아니니 배울 것도 없다 하며, 자두꽃에서는 자두꽃만의 아름다움을 찾으라고 한다. 흰 꽃이 무성하게 피어난 광경이 바로 자두꽃의 아름다움인 것이다.

자두꽃은 봄 풍경을 노래하는 작품에서 보통 복숭아꽃과 함께 언급된다. 이는 두 꽃이 피는 시기가 거의 같고, 하얗고 작은 꽃잎이 무성하게 나무를 뒤덮는 모습이 비슷하기 때문이다. 거기에『사기』가운데 한나라 무제 때의 무장 이광李廣을 다룬〈이장군열전〉에서 그의 덕을 칭송한 말인 "복숭아와 오얏은 말하지 않아도, 저절로 길이 생긴다.桃李不言 下自成蹊"는 표현도 한 역할을 하였을 것이다. 이는 복숭아와 자두는 열매가 맛이 있어 따 먹으러 오는 사람이 많은 까닭에 저절로 길이 생긴다는 뜻으로, 덕행 있는 사람은 말이 없어도 남을 심복시킴을 비유하는 말이다.

자두나무와 관련된 고사로는 중국 위진 시대 죽림칠현의 한 사람인 왕융王戎의 '씨에 구멍을 뚫는다'는 '찬핵鑽核' 이야기도 있다. 왕

나전흑칠상자의 '자두꽃' 문양, 국립고궁박물관.

융의 집에는 맛있는 자두가 열리는 자두나무가 있어, 왕융은 이 열매를 팔아 부자가 되었다. 그런데 이웃 사람들이 혹시 그 자두씨를 가져다 심어 이득을 얻을까 두려워하여 "자두의 모든 씨앗에 구멍을 뚫었다.〔鑽核〕"는 고사이다. 죽림칠현의 한 사람으로서 빼어난 재주를 자랑한 왕융조차 이렇게 소인배 같은 행동을 할 정도로 달콤하고 향기로운 자두의 유혹은 참기 어려운 것이었나 보다.

　우리나라에는 '벌리伐李', 즉 자두나무를 전부 베어 버렸다는 설화도 전한다. 고려 시대 『운관비기雲觀秘記』라는 책에는 "이씨가 한양에 도읍을 정한다.李王都漢陽"는 예언이 적혀 있었다고 한다. 이에 고려 충숙왕은 한양에 남경부를 세워 이씨 성을 가진 사람을 부윤으로 임명하고, 한양의 동북쪽 땅에 자두나무를 많이 심어 그 나무가 자라

봄꽃 만발하다

기만 하면 베어 버리도록 하여 이씨의 기운을 눌렀다.

또한 신라 말의 국사였던 도선이 저술한 『도선비기』에도 "왕씨를 이어 이씨가 한양에 도읍을 한다."는 설이 있었기에, 고려 중엽부터 조정에서는 한양에 벌리목사를 두고 백악산 남쪽에 자두나무를 심어, 그것이 무성할 때면 모두 베어서 이씨의 왕기를 눌렀다고 한다. 그러나 결국 예언대로 태조 이성계가 한양에 조선을 개국하였으니, 나무를 베는 것만으로는 천명을 바꿀 수 없었나 보다.

조선은 '전주 이씨李氏'가 세운 나라지만, 그렇다고 조선 왕실이 공식적으로 자두꽃을 왕실의 상징으로 삼은 적은 없다. 그러나 고종 대에 이르러 대한제국으로 바뀌면서 자두꽃, 즉 '이화문李花紋'이 대한제국 황실의 상징 문장으로 사용되었다.

이화문의 모양은 꽃잎이 다섯 개에 꽃잎마다 꽃술 세 개를 놓고 꽃 한가운데에 또 꽃술 하나를 놓은 것으로 정형화하였으며, 빛깔은 황제국을 뜻하는 황금색으로 하였다.

이화문은 황실을 상징하는 여러 물건에 새겨졌다. 창덕궁 인정전의 용마루와 덕수궁 석조전의 정면 합각 등 당시 궁전의 건축물에 새긴 것이 지금도 남아 있다. 또한 한성미술품제작소와 이왕직미술품제작소 등에서 황실용으로 만든 각종 복식과 훈장·가구·생활용품·문서 등에도 모두 이화문을 새겼다.

1884년 우리 역사상 처음으로 우편 업무를 시작한 우정국은 1905년 통신권을 일본에 빼앗길 때까지 보통우표 54종을 발행했다. 이 시기 우표에 이화문이 주로 사용되어 이를 '이화우표'라고 부르기도 하였다. 대한제국 시기 백동으로 만든 화폐도 앞면 위쪽에 자두꽃, 오른

오얏꽃 무늬 은잔, 국립고궁박물관.(왼쪽)
이화(보통)우표, 국립민속박물관.(오른쪽)

쪽에 자두나무 가지, 왼쪽에 무궁화 무늬를 새겨 넣었다. 오늘날 이
화문은 전주 이씨 가문의 문양으로 사용되고 있다.

**봄꽃 만발하다**

# 복사꽃

무릉의 신선이 보낸 선물

복숭아나무는 중국 원산의 과일나무로 매년 4월에 분홍색 또는 흰색의 꽃이 핀다. 꽃은 지난해에 자란 어린 줄기의 마디에 한 송이씩 피거나 두세 개가 모여서 핀다. 복숭아는 그 왕성한 나무의 기세와 번식력으로 동양에서 가장 오래된 시집인 『시경』의 〈도요桃夭(무성한 복숭아)〉에 과년한 처녀의 풍성한 미래를 축복하는 사물로 등장할 정도로 재배 역사가 오래되었다.

화려하게 핀 꽃이 너무 흔해서 그런지 전통적으로 선비들은 이 꽃을 자두꽃과 한데 묶어 '도리화桃李花'라 부르며 매우 천시하는 태도를 보였다. 마치 오늘날 벚꽃이 피면 너나없이 꽃구경을 다니다가 그 철이 지나고 나면 그 요사스러움과 번화함을 싫어하는 이중성을 보여 주는 것과 유사하다.

플로렌스 크레인, 〈복숭아꽃〉(『머나먼 한국의 야생화와 이야기』).

풍상이 섯거 친 날에 ᄀ 피온 황국화를

금분에 ᄀ득 다마 옥당에 보내오니

도리야 곳이온 양 마라 님의 뜻을 알괘라


송순의 이 시조는 가을 국화, 그것도 명종이 옥당玉堂(홍문관)에 내

봄꽃 만발하다

려보낸 노란 국화를 바라보며 읊은 것이다. 임금의 은의에 초점이 맞추어져 있으므로 그 꽃의 높은 절의를 드러내기 위하여 도리화와 대조하고 있다. 이렇듯 복사꽃과 자두꽃은 지조를 중시하는 선비들로부터 천시받은 꽃이었다.

동양 민속에서 복숭아나무 가지는 귀신을 쫓는 힘이 있다고 믿었다. 음력 정월 초하루에 복숭아나무 판자 두 개에 신도神荼와 울루鬱壘라는 두 귀신의 그림을 그리거나 이름을 써서 문 양쪽에 걸어 둔 것을 도부桃符라고 하였는데 벽사의 기능을 담당하였으며, 섣달 그믐날이면 이것을 새것으로 바꾸어 걸었다.

또 복숭아꽃이 우거진 곳은 도화원桃花源이나 도원경桃源境이라는 이상향으로 인식하였다. 진晉나라 도잠陶潛(도연명)의 〈도화원기桃花源記〉에 따르면, 동진 태원太元 연간에 무릉의 한 어부가 시내를 따라 한없이 올라가다가 갑자기 복숭아꽃이 무성한 선경을 만났다. 일찍이 진秦나라 때 난리를 피해 처자를 거느리고 그곳에 들어와 대대로 살고 있다는 사람들로부터 극진한 대접을 받고 며칠 뒤 그곳을 떠나 배를 얻어 타고 되돌아왔는데, 그 후로 다시는 그곳을 찾을 수 없었다고 한다. 여기서 유래한 말이 '무릉도원'이다.

| 쌍계재의 도화동에 부치다 | 寄雙溪齋桃花洞 |
|---|---|

북악산 푸른 봉우리 몇 층으로 솟았는가?     北嶽攢青矗幾層
쌍계에 흐르는 물은 맑디맑아 푸르네.     雙溪流水碧澄澄
일만 그루 복사꽃이 바다처럼 붉으니     桃花萬樹紅如海

강세황, 〈복숭아꽃〉(『담재화훼첩』), 개인 소장. ▶

도원이 무릉에만 있는 게 아니로다.　　　　　　　　　未必桃源在武陵

— 서거정, 『사가시집』 권51

쌍계재는 조선 초기의 문신 김뉴의 집으로 한양의 성균관 동편에 있었다고 한다. 예로부터 이곳에는 복숭아밭이 많아서 도화동이라 불렀다고 하니 봄철이면 복숭아꽃을 구경하려는 장안의 풍류객들이 모여들었음 직하다. 일만 그루의 도화가 넓은 바다인 양 붉은 장관을 연출하는 것을 보고 서거정은 도원경이 무릉에만 있는 특별한 곳이 아님을 확인하고 있다. 이 도화동은 선비들에게 많이 알려져 있었던 까닭에 많은 사람들의 한시가 전해지고 있다.

## 도화동을 찾아가다　　　　　　　　　　　　　　　訪桃花洞

세상 바깥에 천지가 독특하여　　　　　　　　　　　物外乾坤別
호리병 속의 세상이 넓구나.　　　　　　　　　　　壺中世界寬
예부터 복숭아꽃으로 이름난 골짜기이니　　　　　桃花名古洞
참으로 무릉 속에 들어온 듯하네.　　　　　　　　眞入武陵間

— 황준량, 『금계집』 내집 권2

이 시도 도화동의 별천지를 읊은 것으로, 세상 바깥에 존재하는 호리병 속의 세상이 넓게 펼쳐져 있음을 말하고 있다. 호리병 속의 세상이란 또 다른 신선 세계를 뜻한다. 후한 때 시장의 가게 앞에 항아리 하나를 걸어 놓고 약을 팔던 노인이 시장이 파하면 그 속으로 뛰어들어 가는 것을 본 비장방費長房이라는 시장 관리인이 그 노인을 따라 항아리 안으로 들어갔더니, 그곳에 옥으로 지은 집이 있고 그 안에서 좋은 술과 안주가 끝없이 나왔으므로 둘이 함께 마시고는 취해서 나왔다고 한다. 시인은 이곳이 예로부터 도화로 이름난 골짜기인 만큼 무릉도원 가운데에 들어와 있는 듯한 환상에 젖었음을 보여 주고 있다.

이처럼 속세를 벗어난 선경으로서의 도원이 있는가 하면, 나관중의 『삼국지연의』가 우리나라에 수입된 다음에는 또 하나의 도원이 인구에 회자되었다. 흔히 도원결의로 일컬어지는 유비·관우·장비가 거록鉅鹿의 복숭아밭에서 의형제를 맺은 일을 말한다. 후한 영제 때 일어난 장각張角을 중심으로 한 황건적의 난을 소탕하고자 의병을 일으킨 세 인물이 생사를 함께하자고 결의한 장소로서 이 도원이 부각된 것이었다.

## 장진포의 관왕묘 壯鎭浦關王廟

| | |
|---|---|
| 한 번 도원에서 결의하여 | 一結桃園義 |
| 산을 무너뜨리듯 큰 공을 세웠네. | 摧山立大功 |
| 창을 휘두르면 밝은 해가 머물고 | 揮戈留白日 |
| 칼을 뽑으면 청룡이 울부짖었네. | 拔劍吼靑龍 |
| 위엄을 떨쳐 셋으로 나눈 천하가 장엄하고 | 威振三分壯 |
| 명성을 떨쳐서 백대에 우뚝하네. | 名垂百代崇 |
| 모습이 어제인 듯 완연하니 | 形容宛如昨 |

몸을 구부려 영웅의 풍모에 절을 올리네.                        罄折揖英風

— 박이장, 『용담집』 권2

이 시는 삼국 시대 촉나라의 명장 관우를 모신 사당에 예를 올리면
서 유비·관우·장비 세 영웅의 도원결의가 그들의 웅대한 활동의 출
발점임을 확인하고 있다. 2∼4연은 관우의 위용과 공적, 풍모를 그리
는 데 초점이 맞추어져 있지만 그 모든 활동의 시발이 도원결의에 있
었음은 물론이다.

마지막으로 도교의 최고위 여선女仙인 서왕모가 거처하는 곳의 반
도원蟠桃園과 복숭아의 관련성을 주목할 수 있다. 『산해경』에 따르면
먼 서쪽의 옥산에 살고 있는 서왕모는 사람의 형태를 하고 있지만 표
범의 꼬리에 호랑이 이빨을 하고 휘파람을 잘 불고 쑥대머리에 머리
장식을 꽂고 있으며, 재해와 오형五刑 등을 주관하는 존재이다. 후대
에 옥산은 곤륜산으로 인식되었는데, 서왕모의 거처는 부력이 없어
서 기러기 털도 가라앉는다는 약수弱水로 둘러싸인 곤륜산의 섬 속에
있는 궁궐이다. 그곳에는 아름다운 연못인 요지가 있고, 3천 년에서
9천 년 만에 한 번씩 열린다는 반도가 있었다. 반도는 신묘한 효능이
있어 한 개만 먹으면 장생불사하였다. 그 과일이 익는 시기가 되면 서
왕모는 신선들을 초대하여 반도회라는 잔치를 베풀었다고 한다.

이러한 도교 설화에 기초를 두고 후대에 많은 파생 설화가 생성되었
다. 중국 고대 신화 속의 명궁名弓인 예羿가 서왕모가 있는 곳으로 가
서 두 첩의 불사약(또는 반도)을 받아 돌아왔더니 그 아내 항아가 그 약
을 몰래 복용하고는 달 속으로 달아났다고 하는 『회남자』 「남명훈覽冥

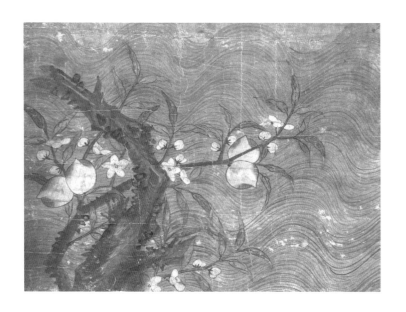

작자 미상, 〈복숭아와 학桃鶴圖〉 중 복숭아, 국립중앙박물관.

訓」의 기록이나, 한의 무제武帝가 서왕모에게 불사약을 구하였더니 서
왕모는 동방삭이 자기 궁궐에서 복숭아를 훔쳐 갔다고 답했다는 이야
기도 전한다. 여기에서 발생한 삽화는 동방삭이 그 복숭아를 훔쳐 먹
음으로써 삼천갑자三千甲子를 살게 되었다는 설화나, 오승은吳承恩의
『서유기』에서 제천대성 손오공이 서왕모의 반도원에서 복숭아를 수
없이 따 먹은 결과 장생불사의 몸으로 변했다는 이야기로 발전하기도
하였다. 경주에 있는 선도산과 벽도산이라는 지명은 복숭아의 이런
장생 설화가 일찍부터 우리나라에 도입되었음을 말해 준다.

봄꽃 만발하다

## 복숭아를 보내 준 이 참판에게 사례하다 · 謝李參判送桃

도성 동쪽 가까운 후미진 작은 언덕에　　　　僻近城東有小阜
벗이 일찍이 이 선도를 심었네.　　　　　　　故人曾此種仙桃
애써 훔쳐 먹었던 그 동방삭 비웃으며　　　　笑他方朔勞偸得
손수 따서 때때로 우리에게 보내 주네.　　　手摘時時惠我曹

— 이원, 『용헌집』 권2

　복숭아를 보내 준 벗에게 사례하는 뜻을 표현하는 이 시의 배경에
깔려 있는 것은 이 복숭아가 바로 동방삭이 서왕모의 반도원에서 훔
쳐 먹은 그 복숭아와 같은 것이라는 사실이다. 동방삭은 수고스럽게
그것을 훔쳐 먹었지만 시인은 벗이 직접 따서 보내 준 선도를 먹으면
서 장생불사하는 즐거움을 누리고 있다.

## 환갑잔치 · 還甲宴

저기 앉은 노인은 사람 같지 않구나.　　　彼坐老人不似人
하늘에서 내려온 신선인 듯하네.　　　　疑是天上降眞仙
그 가운데 일곱 아들 모두 도둑이니　　　其中七子皆爲盜
벽도를 훔쳐 환갑잔치에 바쳤구나.　　　偸得碧桃獻壽筵

— 김병연, 『김립시집』

　이 시는 삿갓 시인 김병연의 작품으로, 일곱 아들을 둔 어떤 노인의

환갑잔치에서 지은 축시로 알려져 있다. 1구와 2구, 3구와 4구가 반전의 묘를 거듭하는 것으로 시를 짓는 과정을 본 노인과 자식들의 반응이 열탕과 냉탕을 오가는 분위기로 진행되었다는 일화가 전해지기도 한다. 그런 와중에 삽입된 고사가 바로 서왕모의 반도 설화이다. 이러한 모티프는 중국에서 〈헌선도獻仙桃〉라는 당악정재唐樂呈才로 발전하였으며, 우리나라에도 고려 시대에 들어와 정월 보름날 밤의 모임에서 제왕의 송수頌壽를 빌며 춤을 추었다. 이 시의 예처럼 어떤 고사를 알고 있으면 그 고사를 자기화하여 즐거운 상상 속에서 함께 탐닉하여 노닐 수 있는 것이다. 🖼

# 팥배나무꽃

## 봄과의 이별, 생과의 이별

팥배나무는 장미과에 속하는 낙엽 활엽 교목으로 우리나라 산지에서 흔히 볼 수 있다. 흰 꽃이 늦봄에 피는데, 지름이 1센티미터 정도이고 가지 끝에 6개 내지 10개씩 달린다. 가을에 나무 전체에 팥알 모양의 붉은 열매가 달리고 꽃이 배꽃처럼 희어서 팥배나무라는 이름이 붙었다. 꽃이 진 자리에 6월부터 열매가 자라기 시작하여 10월이 되면 붉은 팥알 모양이 된다.

### 금강을 건너며                                          渡錦江

맑은 강 나그네 길은 향기로운 풀숲으로 드는데          清江客路入芳草
작은 배가 바람 부는 나루를 막 가로지르네.            小艇初橫渡口風
호남에 봄이 다 가려 하니                              知道湖南春欲盡

팥배나무꽃 빗소리 속에서 떨어지네.　　　　　　　棠梨花落雨聲中

— 나해봉, 『남간집선』권1

나해봉은 조선 중기 의병장으로 자는 응서應瑞, 호는 남간南磵, 본관은 나주다. 조선 중기 한문사대가의 한 사람인 계곡 장유와 과거에 나란히 급제하여 친교가 두터웠다. 두 사람의 시를 모아 엮은 『계간수창谿磵酬唱』이 따로 전할 정도다.

팥배나무꽃은 늦봄에 피는데 봄이 다 갈 무렵 비를 맞아 떨어진다고 한 것으로 보아 시인이 금강을 건너던 시기는 5월 말경임을 알 수 있다. 여름의 목전에 수목이 무성해져 강가로 난 나그네 길이 풀숲으로 접어들려 하는데, 마침 시야 주변에 금강을 가로지르는 배가 보인다. 팥배나무꽃이 떨어지니 시인은 봄도 이제 다 지나갔다고 말한다.

팥배나무는 백양나무 즉 사시나무와 함께 무덤가에 많이 심었다. 둘 다 빨리 자라고 키도 크다. 백거이의 시 〈한식야망음寒食野望吟〉에 "팥배나무꽃이 백양나무에 비치니, 이 모두 생사 간 이별하는 곳이네.棠梨花映白楊樹 盡是死生離別處"라는 구절이 있다. 무덤가에 팥배나무와 백양나무를 심던 풍습은 당나라 이전까지 거슬러 올라간다고 할 수 있다. 🖋

# 장미

## 아름답기에 다가설 수 없는 꽃

장미는 '자미紫薇' 혹은 '매괴玫瑰'라고도 하는데 우리나라에서 '자미'는 배롱나무꽃을, '매괴'는 해당화를 뜻하는 경우가 많다. 강희안은 『양화소록』〈자미화〉 부분에서 세상 사람들이 여러 꽃의 이름과 품종에 익숙하지 못하다면서 그 예로 자미화를 백일홍이라 하고 매괴화를 해당화라 한다며 한탄하기도 하였다. 이를 보면 자미화와 매괴화를 장미와 백일홍, 해당화와 섞어 부르는 유래가 오래되었음을 알 수있다.

유박은 『화암수록』〈화목구등품제花木九等品第〉에서 장미를 번화함을 취하여 5등에 넣고 '아름다운 벗〔佳友〕'이라고 하였다. 개화 시기는 5~9월로 보통 늦봄에 피면서 초여름을 알리는 대표적인 꽃이다. 화신풍 중 복사꽃, 팥배나무꽃과 함께 경칩 절기의 세 번째 꽃이다.

# 장미

薔薇

요염한 꽃송이 짙은 초록 사이에서 빛나니       穠艶煌煌綠暗間

금가루로 곱게 꾸미고 교태 부리네.       巧粧金粉媚嬌顔

가시 돋았다고 꽃의 허물로 여기지 않기를       莫因帶刺爲花累

꺾으려는 손길 막으려 함이리라.       意欲防人取次攀

— 이규보, 『동국이상국후집』 권3

고려 문인 이규보의 작품이다. 작품 뒤에 주석으로 "낙천(백거이)은 '장미는 가시 때문에 꺾는 것을 응당 주저한다.'라 하였다.樂天云 薔薇帶刺攀應懶"고 적혀 있다. 이는 당나라 시인 백거이의 〈제산석류화題山石榴花〉(『전당시』 권4)에 나온 구절이다.

짙은 초록 잎 사이로 노란 장미가 곱게 피어 있는 모습을 읊으며 가지에 돋친 가시는 아름다운 꽃을 꺾으려는 손길을 막기 위한 것이라고 재치 있게 묘사하였다. 오늘날 흔히 보는 크고 화려한 붉은색 장미는 20세기 들어와 서양에서 유입된 것으로, 전통 시대 동양의 장미는 오늘날처럼 그렇게 화려한 꽃이 아니었다. 붉은색 외에 흰색, 노란색 등 다양한 색깔의 꽃이 피었는데 나뭇가지에 돋친 가시는 여전히 장미를 묘사하는 데 빠지지 않는 요소였다. 백거이 또한 가시로 인해 꺾기 힘들다고 한 것을 보면, 장미의 매력은 예나 지금이나 쉽게 꺾을 수 없는 도도한 아름다움이었던 듯하다.

우리나라 기록을 살피면 장미는 신라 설총이 〈화왕계花王戒〉에서 "한 아리따운 아가씨가 고운 얼굴에 하얀 치아, 밝은 단장과 고운 옷

           봄꽃 만발하다

차림으로 사뿐사뿐 걸으며 어여쁘게 나타나"라며 외모가 아름다운 여인으로 묘사하기도 했으니, 삼국 시대에 이미 '아름다운 꽃'의 대명사로 인식되었음을 알 수 있다.

이 밖에 고려 시대부터 사대부들 사이에서 널리 불린 경기체가 〈한림별곡〉에도 "홍모란, 백모란, 정홍丁紅모란 / 홍작약, 백작약, 정홍작약 / 어류옥매御榴玉梅, 황색·자색 장미, 지지芷芝·동백 / 그 꽃들 서로 섞여 핀 광경이 어떻습니까"라는 대목이 있어, 아름다운 꽃들을 말할 때 장미가 빠지지 않았음을 확인할 수 있다.

이수광은 『지봉유설』 「훼목부卉木部」(권20)에서 다음과 같이 말하였다.

중국에서 말하는 장미는 모두 붉은색이고 덩굴로 자란다. 그래서 당나라 시에서는 "한 가닥 긴 가지에 만 송이의 봄, 붉음과 푸름이 작은 창에 뿌려졌다."고 하였다. 또 말하길, "작은 뜰의 반 꺾인 붉은 장미"라고도, "한 가지 장미가 뜰 가득 향기를 뿜는다."고도 했다. 장미는 우리나라에서도 매우 드물다. 지금 노란 장미가 있어도 기록에 실리지 않았으니, 중국에서도 드물었던 것 같다.

중국에서는 붉은 장미가 주를 이루었으며 우리나라에서는 노란 장미도 많이 피었던 것 같다. 앞서 살핀 이규보의 작품에서도 '금분金粉'으로 곱게 단장하였다 한 데서 노란 장미를 노래한 것으로 보이며, 〈한림별곡〉에서도 황색과 자색 장미를 이야기하고 있다. 조선 시대 서거정 또한 붉은 복사꽃이 다 떨어진 뒤 피어난 노란 장미를 읊은 작품을 남겼다.

---

◀ 심사정, 〈장미와 호랑나비薔薇蝴蝶〉(『현재화첩玄齋畵帖』), 간송미술관.

| 붉은 복사꽃 떨어지고 | 紅桃已謝 |
| 노란 장미꽃 만발하기에 짓다 | 黃薔薇盛開有作 |

| 구슬프게 붉은 복사꽃 너를 보내고 나니 | 惆悵紅桃送爾歸 |
| 한창 좋은 봄기운이 장미로 옮겨 갔구나. | 靑春恰恰到薔薇 |
| 잠에서 깬 황금빛 아가씨는 교태 부릴 힘 없음에도 | 黃娘睡起嬌無力 |
| 이미 황금옷(버들가지) 입은 미인을 시샘하네. | 已妬佳人金縷衣 |

— 서거정, 『사가집』 권44

18세기 문인 유박 또한 『화암수록』에서 장미에 대해 평하기를 "다른 빛이 섞이지 않은 순황의 바른 빛깔, 그 자태도 우아하다. / 해당화와 묶어서 논한다. 해당화는 화려하고 장미는 아리땁고 우아하니 시에 능한 수재의 부인이 되기에 알맞다."고 하였다. 이를 보면 조선시대에는 붉은색만큼이나 노란색도 장미를 대표하는 빛깔이었음을 알 수 있다.

또한 홍석모의 『동국세시기』 4월의 기록에서 "삼짇날 화전처럼 노란 장미꽃을 따서 떡을 만들고 기름에 지져 먹기도 한다."고 한 것처럼 장미는 백성들의 삶에서도 매우 친숙한 꽃이었다. 우리나라의 화전 풍속은 3월의 진달래 화전을 시작으로 봄의 배꽃전, 여름의 장미 화전, 가을의 황국화와 감국잎으로 만든 국화전을 부쳐 먹는 일로 이어졌다.

오늘날 장미는 짙은 향기와 정열적인 붉은 색깔, 화려한 모습으로 명실상부 꽃의 여왕으로 불리며 그 위엄을 자랑한다. 그러나 옛사람

◀ 신명연, 〈산수화훼도〉 중 '장미', 국립중앙박물관.

들에게 장미꽃은 그렇게 화려하기만 한 꽃이 아니었다. 위의 유박의 평에서 해당화와 비교하며 "아리땁고 우아하니 시에 능한 수재의 부인이 되기에 알맞다."고 한 점에서도, 당시 문인들에게 장미는 사람을 유혹하는 치명적 매력보다는 문인의 짝이 되기에 알맞은 우아한 아름다움이 더 크게 다가온 것으로 보인다. 이렇게 한시 속에 나타나는 장미의 모습을 상상하며 장미의 새로운 매력을 찾는 것 또한 옛글을 읽는 즐거움이다. 🌿

## 이익, 〈장미로薔薇露〉

유자후柳子厚(유종원)는 한창려韓昌黎(한유)의 글을 얻으면 장미로에 손을 씻은 후 읽었다고 하였는데, 여기서 장미로는 어떤 물건인지 알 수 없다. 오대五代 때 번 국의 사신〔藩使〕 만아산滿阿散이 장미로 50병을 공물로 바쳤다고 했으니, 자후가 손을 씻었다는 것 또한 이와 비슷한 것으로 보인다. 『여씨춘추』에서도 "물 중에 아름다운 것으로 삼위三危의 이슬이 있다."고 하였는데, 이는 황산곡黃山谷의 시 구절 "구완의 난초는 볼수록 향기롭고, 삼위의 이슬은 마실수록 맛이 좋다.蘭香 滋九畹 露味挹三危"에서 말한 것과 같다. 여기서 말하는 삼위의 이슬이 '장미로'와 비슷할 것이다.

— 『성호사설』 권6, 「만물문」

# 해당화

### 장미 부럽지 않네
### 고운 자태,

해당화는 장미과에 속하는 낙엽 활엽 관목으로 한국·일본·사할린·만주 등 동아시아의 온대에서 아한대 지역에 분포하며, 바닷가 모래밭이나 산기슭에서 많이 자라고 관상용으로 많이 심는다. 줄기에 갈색의 커다란 가시와 가시털이 많이 나고, 꽃은 5월에서 8월까지 붉은색 혹은 흰색으로 줄기 끝에 피며 수술이 많고 5장의 달걀 모양 꽃잎이 있다.

이산해는 시 〈해당海棠〉에서 "아름다운 자태는 참으로 국색이요, 부귀는 화왕에 핍진하네.韶華眞國色 富貴逼花王"라고 하여 해당화의 풍성한 아름다움을 언급한 바 있다. 그러나 일반적으로 꽃향기는 없는 것으로 알려져 있다. 이유원의 『임하필기』에는 "창주昌州의 해당화만이 유독 향기가 있다. 왕우칭王禹偁의 시에서 '손수 뜰에 꽃을 심으니 정원에 향기 가득하네.手植庭花滿院香'라고 하였으나, 우리나라

에는 이 품종이 없으니 한번 볼 수 없는 것이 안타깝다.”고 기록되어
있다.

## 역로의 해당화                                   驛路海棠

역로에 울긋불긋 해당화가 피었기에                    丹靑驛路海棠開
가랑비와 비끼는 바람 속 말에서 내려 구경하네.          細雨斜風下馬看
주인 없이 늙어 가는 붉은 들꽃이 안타까워              愛惜野紅無主老
길 가는 나그네가 꺾어 말안장에 꽂네.                 征衫垂折揷征鞍

— 남효온, 『추강집』 권3


이 시는 길을 가던 시인이 역로에 울긋불긋 핀 해당화를 비껴 부는
비바람 속에서 구경하다가, 돌보아 주는 손길 없이 피었다 늙어 가는
야생화가 안타까워서 그 꽃을 꺾어 자기 말안장에 꽂는 행동을 담고
있다. 이것으로 보아 해당화는 사람이 공을 들여 재배하는 꽃이 아니
라 자연의 비바람 속에서 자생하는 것임을 알 수 있다. 특히 비에 함
초롬히 젖은 모습이 화창한 날 보는 멀쩡한 자태보다 매혹적인 아름
다움을 지닌 것으로 보인다. 조선 후기의 기녀 취선翠仙은 〈봄단장春
粧〉이라는 시에서 “밤에 향긋한 안개 많아 아침 이슬 흠씬 내리니, 동
쪽 담장 아래서 해당화가 눈물에 젖네.香霧夜多朝露重 海棠花泣小墻東”
라고 하여 비에 젖은 해당화의 모습을 눈물 젖은 자기의 모습에 투영
하는 자세를 보여 주기도 하였다.

예로부터 우리나라에서는 함경도 원산의 바닷가 명사십리의 해당

플로렌스 크레인, 〈해당화〉(『머나먼 한국의 야생화와 이야기』).


화가 많이 알려져 왔다. 곱고 부드러운 모래사장과 해당화, 소나무
숲이 푸른 바다와 어우러진 그곳의 경승을 두고 최립은 시 〈해당〉에
서 "명사십리 일대는 해당화의 물가인데, 늙은 원님은 게을러 노닐지
못하니 어찌하랴?鳴沙一帶海棠洲 老守其如懶出遊"라며 늙고 나니 그곳
의 유명한 풍류조차 즐기지 못함을 한탄한 바 있다. 늙은 시인이 이렇
게 한탄하는 것은 해당화의 붉은빛이 농익은 청춘의 상징이기 때문
이다. 🀆

배꽃
여인의 살결
소매 걷으니 드러나는

배꽃은 4월 중하순에서 5월 초순에 작고 하얀 꽃이 나무 가득히 핀다. 화신풍 중 해당화, 목련과 함께 춘분 절기의 두 번째 꽃이다.

**옥야현 객사 현판의**      沃野縣客舍
**학사 채보문 '이화 시'에 차운하다**    次韻板上蔡學士寶文梨花詩

문득 가지에 눈송이 붙었는가 싶더니      初疑枝上雪黏華
맑은 향기 풍겨 와 꽃인 줄 알았네.      爲有淸香認是花
겨울 매화의 구슬 같은 고결함 물리치고    鬪却寒梅瓊臉潔
농익은 살구꽃의 비단 같은 화려함 비웃네.   笑他穠杏錦跌奢
푸른 나무 뚫고 날아오니 쉽게 보이는데    飛來易見穿靑樹
흰 모래 뒤섞여 분간하기 어렵구나.      落去難知混白沙

아리따운 여인 비단 소매 걷고 흰 팔 드러내어 　　　　皓腕佳人披練袂

은근히 미소 지으니 마음을 몹시 녹이네. 　　　　　　微微含笑惱情多

— 이규보, 『동국이상국전집』 권10

고려 시대 문인 이규보가 당시 전주부에 속했던 옥야현 객사에서 지은 작품이다. 배꽃은 꽃술에도 붉은빛이 없는 새하얀 꽃으로 한시에서도 유독 그 새하얀 풍경이 자주 묘사되었다. 작은 꽃들이 나무 가득 한꺼번에 핀 모습은 흡사 눈이 쌓인 것처럼 보였다. 위 작품에서 시인은 겨울 매화의 차가운 고결함과 농익은 살구꽃의 화려함 사이에 있는 여인의 하얀 살결 같은 배꽃의 아름다움을 노래한다. 그것은 은은한 미소를 머금은 아리따운 여인의 소매 걷은 흰 팔의 이미지였다. 드러내 놓고 유혹하지도 그렇다고 매몰차게 거절하지도 않는, 보일 듯 말 듯 은근한 아름다움을 지닌 배꽃이야말로 어쩌면 조선의 여인을 가장 잘 표현한 꽃일 것이다.

그 미소로 인해 번민이 많다는 마지막 구절은 이조년의 유명한 시조의 마지막 구절을 떠올리게 한다.

이화에 월백하고 은한이 삼경인 제

일지춘심을 자규이야 알랴마는

다정도 병인 양하여 잠 못 들어 하노라

— 이조년

배꽃의 아름다움은 특히 달밤에 그 정취를 더하였다. 옛사람의 작

품에는 달빛과 유독 짝을 이루는 꽃들이 있으니 바로 배꽃과 매화 그리고 살구꽃이다. 각각의 꽃은 그 특유의 성격에 따라 같은 달밤이라도 서로 다른 분위기를 자아낸다. 이와 관련하여 20세기 초 출판된 조선 예기 화보집인 『조선미인보감』(아오야기 쓰나타로·지송욱, 신구서림, 1918, 74쪽) 가운데 한성권번 소속 기생 '한화중월韓花中月'을 노래한 가사에서는 다음과 같이 꽃과 달의 인연을 읊고 있다. 기생을 노래한 가사지만 옛사람들의 꽃과 달에 대한 인식을 엿볼 수 있는 자료이기도 하다.

> 숓가운디 빗췬달은 월색죠추 다르도다
> 힝화에는 달도붉고 리화에는 달도희며
> 미화에는 달도추고 히당화에 달도맑아
> 숓과달과 달과숓이 깁흔인연 서로믹져
> 이세상에 화중월이 되야남이 아니런가

이에 따르면, 꽃 사이로 비친 달빛이 꽃들로 인해 각기 다른 빛깔을 띠게 된다고 한다. 분홍빛 살구꽃에는 달도 붉고, 하얀 배꽃에는 달도 하얗다. 겨울의 끝자락에 피는 매화에 비친 하얀 달빛은 차갑기 그지없다. 이렇게 매화와 배꽃은 모두 눈처럼 하얗다는 공통점을 지녀 같이 언급되기도 하지만, 겨울의 끝자락과 봄의 끝자락이라는 전혀 다른 시기에 피기 때문에 또한 전혀 다른 분위기를 지닌다. 늦봄에 피는 배꽃에는 매화가 지닌 차가움이 가시고 애수 어린 정취만 남는다. 무엇보다 그 순백의 빛깔 때문에 붉은빛 감도는 복사꽃과 살구꽃이 지난 봄의 화사함보다는 아련함과 그리움의 대상을 떠올리는 배경으로 자주 묘사된다.

## 말 없는 이별                                                   無語別

열다섯 월나라 서시 같은 소녀가          十五越溪女
남부끄러워 말 못하고 헤어졌네.          羞人無語別
돌아와 여러 겹의 문 닫고                歸來掩重門
배꽃 사이 달 보며 눈물 흘리네.          泣向梨花月

— 임제, 『임백호집』권1

이 시에서 임제는 어린 소녀가 한밤중 달을 보며 헤어진 임을 그리워하는 모습을 그리는데, 달빛 사이의 배꽃이 그 분위기를 더하고 있다. 이렇게 옛 문인들의 작품 속에서 배꽃은 이별한 임을 그리워하는 풍경을 묘사하는 상징물로 자리매김하였다.

이화우 흩날릴 제 울며 잡고 이별한 님
추풍낙엽에 저도 날 생각는지
천리에 외로운 꿈만 오락가락하노라

— 이매창(계랑)

배꽃잎이 비처럼 떨어지는 늦봄에 헤어진 임을 낙엽이 떨어지는 늦가을까지 잊지 못해 꿈속에서 그리워하는 모습이다. 배꽃이 하얗게

핀 달밤에 임을 생각하며 늦게까지 잠 못 이루는 심사를 묘사하는데, 배꽃은 시인의 마음을 대변하는 중요한 장치로 활용되고 있다. 이는 그 유래가 멀리까지 올라가니, 양귀비와 헤어진 당 현종의 슬픔을 주제로 백거이가 지은 〈장한가長恨歌〉에서 이별 후 양귀비의 우는 모습을 "옥 같은 용모 적막해라 눈물 흩날리니, 배꽃 한 가지 봄비를 머금은 듯.玉容寂寞淚闌干 梨花一枝春帶雨"(『백낙천시집』 권12)이라 묘사한 것 또한 배꽃과 이별의 정서가 어우러진 표현이다.

이렇게 배꽃은 한창 봄에 피기에 그리움과 설렘을 자아내는 꽃임에도, 그 눈처럼 하얗게 핀 모습이 달밤의 풍경과 더없이 어울리는 데서 한 조각 슬픔이 깃들어 있다. 아름답고 화사한 봄날, 임과 함께하지 못해 더욱 쓸쓸하고 안타까운 심사를 표현하기에 달밤의 흩날리듯 만발한 배꽃 이상의 풍경은 없다.


**배꽃**　　　　　　　　　　　　　　　　　　　　　　**梨花**


깊고 깊은 별당에 봄날 맑은데　　　　　　　　　院落深深春晝清

배꽃 활짝 피어 가득하구나.　　　　　　　　　　梨花開遍正冥冥

꾀꼬리는 애당초 정이 없어　　　　　　　　　　鷰兒儘是無情思

꽃가지 흔들며 떠나가니 온 뜰이 눈이더라.　　　掠過繁枝雪一庭

　　　　　　　　　　　　　　　　　— 이개, 『육선생유고』, 「이선생유고」


사육신의 한 사람인 이개의 작품이다. 인적 드문 깊은 별당에 봄이 부질없이 찾아와 배꽃 활짝 피었으나 함께 즐길 임이 없고, 무정한 꾀꼬리만 꽃가지 흔들고 날아가니 꽃잎이 눈처럼 쌓였다. 봄날의 풍경이 아름답게 빛날수록 훌쩍 떠나간 임은 더욱 무정하게만 느껴진다. 따뜻한 봄이지만 겨울처럼 쓸쓸한 시인의 마음을 한 폭의 그림처럼 묘사한 작품이다. ⊔

목련

시를 그려 내는 담박한 붓

목련꽃은 목련과의 낙엽 활엽 교목인 목련나무에서 이른 봄 내지 봄
이 무르익을 무렵에 피는 꽃이다. 잎이 나기 전 꽃이 먼저 피며, 연꽃
을 닮은 꽃이 나무에서 핀다 하여 '목련木蓮'이라 한다. 꽃의 색깔에
따라 흰 목련을 '백목련', 자줏빛 목련을 '자목련'이라고도 한다. 김
시습이 〈목련〉이라는 제목의 시에서 "잎은 감잎 같고 꽃은 하얀 연꽃
같다."고 읊은 것으로 보아 조선 초기 이전부터 '목련'이라는 명칭이
쓰인 것으로 보인다.

　노수신은 "바람은 흰 목련꽃을 흔들고, 붉은 놀은 해당화를 취하게
하네.風搖木蓮白 霞醉海棠紅"라 하였고, 김창협은 "산속의 목련, 바닷
가 해당화가 마침 제철이네.山中木蓮 海上棠花 正自其時"라 하였듯이,
목련은 해당화와 함께 봄기운이 돌기 시작할 때 피는 꽃이다. 목련꽃
을 '신이화辛夷花'라 하기도 하였고 봄을 맞이한다는 의미의 '영춘화

迎春花'라 하기도 하였다. 물론 신이화는 개나리꽃을 가리키기도 하고 영춘화는 개나리와 흡사한 노란 꽃을 가리키기도 한다. 목련꽃은 꽃봉오리가 붓끝같이 생겨 '목필화木筆花'라고도 하였는데, 이규보의 다음 시는 목련꽃의 봉오리 모습에 착안하여 지은 것이다.


## 목필화　　　　　　　　　　　　　　　　　　木筆花

하늘이 무슨 물건 그려 내려고　　　　　　　　天工狀何物
목필화를 먼저 피게 하였나.　　　　　　　　　先遣筆花開
참으로 서대초와 함께　　　　　　　　　　　　好與書帶草
시인의 집 뜰에 심어서 좋네.　　　　　　　　　詩家庭畔栽

— 이규보, 『동국이상국전집』 권12


『초사』에 "신이화가 막 피어날 적에는 모양이 붓과 비슷하므로 북쪽 사람들은 이를 목필화라 한다."라 하였듯이 목련꽃을 목필화라 부른 역사는 오래되었다. 만물을 새로 그릴 수 있을 것 같은 봄에 대체 하늘은 무엇을 그려 내려고 붓을 먼저 내려 피웠는가 시인은 묻고 있다.

　서대초는 무슨 풀인지 정확히 알 수 없다. 한나라 때 경학을 집대성한 정현鄭玄이 학생들을 가르치던 곳에 서대초가 있었다고 한다. 그 생김새가 부추 잎 같고 길이는 한 자 남짓이며 질겨서 책을 묶는 데 썼다고 한다. 이런 설명을 보면 서대초는 아마도 맥문동이 아니었을까 한다. 위 시에서 "시인의 집"은 이규보 자신의 집이다. 자신의 집

---

◀ 채용신, 〈화조도〉 10폭 중 '목련', 국립중앙박물관.

뜰에 핀 목련꽃과 푸릇푸릇 자라기 시작하는 맥문동을 두고 읊은 작품이다. 목필화(목련)로 그린 풍경들을 모아 서대초(맥문동)로 묶을 수 있다는 설정이 공교롭다.

전傳 윤엄, 〈화조도〉 중 '목련', 국립중앙박물관.

유박은 9품의 등급 가운데 목련꽃을 7등에 두고 '담박한 벗〔淡友〕'이라 하였고, 운양 김윤식은 목련꽃을 두고 "가련쿠나 범범한 꽃들처럼 적막히 지내니, 누가 이 벽촌에서 너를 지지해 줄까.可憐寂寞同凡卉 誰與支持在僻村"라 하였다. 재주가 제대로 쓰이지 못하고 궁벽진 곳에서 지내는 김윤식 자신을 목련꽃에 빗댄 것이다. 이처럼 목련꽃은 꽃시절에 즈음하여 피어나는 꽃임에도 제법 귀하게 여겨졌던 듯하다.🌸

봄과 헤어지고
여름을 만나네

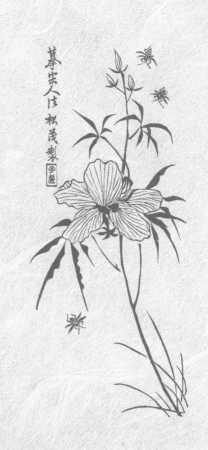

# 오동나무꽃

## 봉황이 깃드는 성스러운 꽃

오동나무는 우리 주변에서 흔히 볼 수 있는 활엽 교목으로 키가 15미터 정도로 자란다. 잎이 매우 넓으며 5~6월에 연보라색 통꽃이 가지 끝에 모여 핀다. 목재는 가볍고 나뭇결이 아름답고 광택이 나며 뒤틀리지 않아서 장롱이나 악기 등을 만드는 데 사용된다. 동양에서 상서로운 새로 알려진 봉황이 푸른 오동나무에 집을 짓고 대나무 열매〔竹實〕를 먹는다고 알려져 있으며, 오동나무가 불타면서 내던 맹렬한 소리를 들은 후한의 채옹蔡邕이 그것을 얻어다가 끝부분에 불탄 자리가 남아 있는 거문고 초미금焦尾琴을 만들었다는 고사가 전해진다.

### 이예장과 이별하다                    別李禮長

오동나무꽃은 밤안개 속에 떨어지고            桐花夜煙落

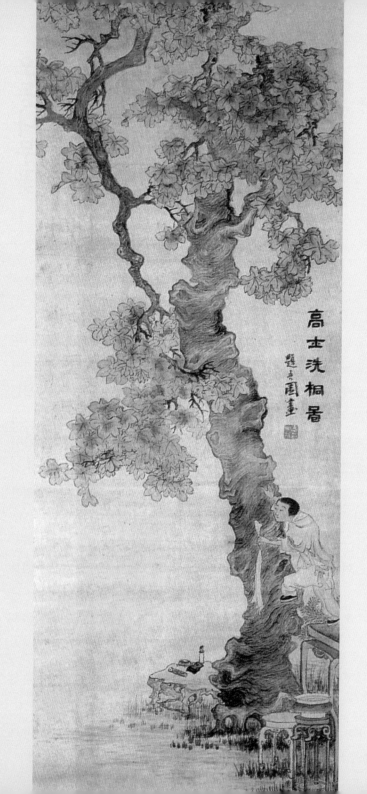

高士洗桐圖

趙孟頫圖畫

바닷가 나무는 봄 안개 속에 사라지네.　　　　　海樹春雲空

싱그러운 풀밭에서 한잔 술로 이별하지만　　　　芳草一杯別

한양 안에서 서로 만나세.　　　　　　　　　　相逢京洛中

— 이달, 『손곡시집』 권5

　　이 시는 강릉 바닷가에서 저무는 봄의 정취 속에 이예장과 이별하면서 뒷날 도읍인 한양에서 만날 것을 기약하는 뜻을 담고 있다. 그 이별의 애틋한 분위기를 북돋워 주는 것이 바로 밤안개 속에서 떨어지는 오동나무꽃이고, 봄 안개 때문에 사라져 보이지 않는 바닷가 나무이다.

　　한편 오동나무의 잎은 가을에 가장 먼저 떨어지기에 세월의 독촉을 상징하는 것으로 알려져 있다. 송의 주희가 〈우연히 짓다偶成〉라는 시에서 "못의 봄풀은 아직 봄꿈을 깨지도 않았는데, 섬돌 앞의 오동나무 잎은 이미 가을 소리를 내네.未覺池塘春草夢 階前梧葉已秋聲"라고 하여 공부하는 학생들로 하여금 때를 늦추지 말고 학업에 매진할 것을 강조하였는가 하면, 속언에 "오동잎 하나 떨어지면, 천하 사람들이 모두 가을임을 안다.梧桐一葉落 天下盡知秋"고 하여 가을의 도래를 가장 먼저 일러 주는 존재임을 말한 바 있다.⚎

---

◀ 장승업, 〈고사세동도高士洗桐圖〉중 '오동나무', 리움미술관.

# 보리꽃

### 걱정도 없는지 제비와 꾀꼬리는

볏과에 속하는 작물인 보리에서 피는 꽃으로 초여름 보리 이삭에 흰 밥풀처럼 핀다. 밀꽃과 보리꽃을 모두 '맥화麥花'라 하는데, 우리나라에서 맥화는 주로 보리꽃을 가리킨다. 크기가 작아 눈에 잘 띄지 않기 때문에 보리밭이 하얗게 변한 것으로 꽃이 핀 것을 알 수 있다. 보리꽃이 피고 보리가 익을 때까지는 한 달가량 지나야 하는데, 예전에는 이때 먹을 것이 없어 힘겹게 살아 넘겨야 했기에 이 시기를 보릿고개라 하였다. 요즘에도 보기 어려운 꽃이지만 옛 문헌에도 보리꽃을 두고 읊은 시는 많지 않다.

### 여름날 우연히 읊다 　　　　　　　　　　　夏日偶吟

매실은 푸르고 살구는 살진데 　　　　　　　　梅子靑靑杏子肥

보리꽃 질은 곳에 유채꽃 드물어지네.    麥花深處菜花稀
꾀꼬리와 제비는 다들 걱정도 없는지     黃鸝紫燕俱無思
처마 위로 자꾸만 날아드네.            却向簷前飛又飛

— 백광훈, 『옥봉시집』 상

보리꽃을 읊은 시는 남송 시인 범성대范成大의 〈사계절 전원의 이런저런 흥취四時田園雜興〉가 유명하다. "노란 매실 탐스러운 살구, 눈처럼 흰 보리꽃 피니 유채꽃 드물어지네. 긴 낮의 울타리 밖엔 지나는 이도 없이, 잠자리와 나비만 날고 있네.梅子黃金杏子肥 麥花雪白菜花稀 日長籬落無人過 惟有蜻蜓蛺蝶飛" 울 밖으로 지나다니는 사람도 없이 잠자리와 나비가 난다는 것에서 알 수 있듯이 범성대의 이 시는 늦봄의 한가로운 정취를 읊은 것이다. 위 백광훈의 시도 범성대의 이 시에 착안하여 지은 것인데 특히 1, 2구의 표현이 매우 비슷하다. 하지만 백광훈 시는 범성대 시와 전혀 다른 의미를 내포하고 있다.

위 시에서 '유채꽃'으로 번역한 '채화菜花'는 유채꽃을 가리키기도 하고 채소의 꽃을 가리키기도 한다. 유채꽃은 꽃이 피기 전에 그 줄기와 잎을 먹을 수 있다. 꽃이 피면 그마저도 먹을 수 없게 된다. 한 달 가까이 피는 유채꽃이 다 졌다는 것은 먹을 게 떨어진 지 이미 오래되었다는 뜻이다. '채화'를 채소의 꽃으로 보면, 먹을 것이 없어 채소를 다 뜯어 먹어 꽃도 보기 드물어졌다는 의미로 해석할 수도 있다. 어느 쪽으로 해석하든 늦봄의 궁핍함을 내포하고 있는 표현이다.

시인 최창대는 〈고개를 넘으며度嶺〉라는 시에서 "산길을 가자니 온종일 꾀꼬리 소리 들리고, 나그네 길은 봄 지나니 보리꽃이 눈에 들어오네.山行盡日聞黃鳥 客路經春見麥花"라 하였고, 신민일의 시 〈소청회촌小淸淮村〉에는 "보리꽃 막 피니 제비가 날아들고, 뽕나무 그늘 속 밥 짓는 연기 희미하네.麥花初秀燕飛飛 桑柘陰中煙火微"라 하였듯이, 꾀꼬리와 제비는 보리꽃 필 때 어김없이 나타나는 새들이었다. 예전에는 꾀꼬리 울고 제비 날아들 때가 가장 먹고살기 어려운 때였던 것이다. 흥부가 집으로 날아든 제비의 부러진 다리를 치료해 준 대가로 박씨를 선물받은 것은, 그만큼 어려운 때임에도 인정을 베풀었기 때문이 아닐까 한다.

위 백광훈 시에서 매실이 자라고 살구에 살이 오르는 초여름, 꾀꼬리와 제비는 걱정도 없이 집으로 날아든다고 했지만 그 이면에는 깊은 시름이 감추어져 있다. 아무 걱정도 없는 꾀꼬리, 제비와는 달리 사람들은 보릿고개를 어떻게 살아 넘길까 시름겨울 것이었기 때문이다. 아주 오랜 세월 동안 보리꽃은 이렇게 배고픈 꽃이었다.🈀

# 수수꽃다리꽃

## 풍경에 향기를 더한 꽃

수수꽃다리는 물푸레나뭇과의 낙엽 활엽 관목으로 그 꽃이 마치 수수꽃과 같다고 하여 이런 이름이 붙었다. 나무 높이는 2~3미터 정도로 그리 크지 않고 4~5월에 흰색이나 연보라색 꽃이 피는데 향기가 짙다. 꽃의 향기나 생김새가 서양의 라일락과 흡사한데, 라일락이 키가 더 크고 향기가 더 짙다. 꽃잎과 꽃봉오리를 약재로 많이 이용했으며, 꽃봉오리가 '정丁' 자처럼 생겨 '정향丁香'이라고도 하고 닭의 혀처럼 생겼다고 해서 '계설향鷄舌香'이라고도 한다.

### 어가 앞에 과일 쟁반을 받들어 올리다　　　　駕前捧果盤

| | |
|---|---|
| 쟁반 가득 선과엔 햇빛이 환히 비치는데 | 仙果堆盤照日光 |
| 한림공봉의 모시 적삼엔 서늘한 바람이 부네. | 翰林供奉苧衫涼 |

어가를 잠시 멈추고 천안天顏을 움직이시니　　　　飛龍小駐天顏動

산들산들 바람에 계설향이 전해 오누나.　　　　　細細風傳鷄舌香

— 이색, 『목은시고』 권3

봄날 왕이 어느 행사에 참석하기 위해 어가(가마)를 타고 가다가 잠시 멈추었을 때 수수꽃다리꽃 향기가 봄바람에 실려 오는 정경을 읊은 시다. 한림공봉은 곧 시인 자신이다. 이색은 원나라에서 과거에 급제하여 한림공봉 벼슬을 한 적이 있다.

관료들이 여름옷인 모시 적삼으로 환복하였지만 아직 바람이 서늘하다는 것으로 보아 늦봄 내지 초여름에 해당하는 5월경이었을 것이다. 왕이 용안을 돌릴 때 봄바람에 향기가 풍겨 왔다고 했는데, 그 향기의 출처는 주변에 있던 수수꽃다리꽃이었다. 코로 맡은 향기로 인해 시인의 눈에 든 풍경까지 향기롭게 된 시다.

수수꽃다리꽃은 그 생김새보다는 향기가 특출나다. 그래서 수수꽃다리꽃을 부르는 다른 이름인 정향이나 계설향 모두 향기가 강조되어 있다. 이 꽃은 오래전부터 구취 제거에 이용했다. 한나라 때 시중 응소應邵가 나이 들어 입에서 냄새가 났는데 임금이 늘 계설향을 주면서 입안에 물고 있으라고 하였다. 계설향은 수수꽃다리의 꽃잎이 아닌, 꽃봉오리를 말린 것이다.

지금은 남부 지방에서도 볼 수 있지만, 조선 시대까지만 해도 수수꽃다리꽃은 흔치 않았다. 북경에 사신으로 간 이가 그 향기에 매혹되어 열매를 구해 온 일도 있었다. 자신의 뜰에 그 향기를 옮기기 위해서였다.

생육신의 한 사람인 남효온이 금강산에 다녀와 남긴 〈유금강산기〉에도 정향 이야기가 나온다. 그가 설악산을 지날 때 "정향꽃을 꺾어 말안장에 꽂고, 그 향내를 맡으며 면암을 지나 30리를 가서 말을 쉬었다."라 하였다. 꽃을 꽂고 지난 그 길의 풍경은 내내 향기로웠을 것이다. 이처럼 수수꽃다리꽃은 향기의 공이 큰 꽃이다. 🈯

# 할미꽃

백발 할머니<br>
절로 떠오르네

할미꽃은 제주도를 제외한 우리나라 전역의 야산에 자생하는 식물로 이른 봄에 뿌리에서 올라온 꽃줄기 끝에 꽃봉오리가 열리면서 점차 아래로 굽는다. 개화 시기는 4월경이다. 뿌리에서 바로 잎이 나와서 잎과 줄기를 구분하기 어려우며, 꽃 뒷부분에 흰 털이 빽빽하다. 꽃송이가 아래로 꼬부라져 피고 꽃이 진 뒤에 종자가 늘어진 모양이 노파의 백발을 연상시키므로 할미꽃이라 불린다. 꽃과 잎은 한약재로 사용한다.

**백두옹을 읊다**                                          詠白頭翁

귀밑머리가 꽃을 떨어뜨리는 바람에 쓸쓸하니          鬢絲蕭瑟落花風<br>
젊은 날의 곱고 화려함 한바탕 꿈처럼 부질없네.         少日姸華一夢空

모름지기 청춘은 본디 늙기 쉬움 알아야 하니　　　　　　　須識靑春元易老

화초 중에 또 흰머리 노인이 있네.　　　　　　　　　　　草中還有白頭翁

— 이수광, 『지봉집』 권2

할미꽃은 일찍이 신라 때 설총의 〈화왕계〉에서 왕에게 바른말을 하
는 노인으로 등장한 이래 일반적으로 노성한 인물로 나타난다. 이 시
에서도 할미꽃은 젊은 날을 보낸 늙은 인물로 설정되어 젊은 시절을
헛되이 보내지 말아야 함을 경계하고 있다. 다음 시는 바로 〈화왕계〉
의 내용을 직접적으로 반영하고 있다.

### 우리나라 역사를 읊다(600수 중 제294수)　　　　　　　　詠東史

화왕이 백두옹에게 깊이 감사한 데는　　　　　　　　　花王深謝白頭翁

넌지시 간곡히 풍유한 설총이 있었네.　　　　　　　　　諷諭丁寧有薛聰

허리띠에 쓰기를 요청하고 높은 관직에 발탁했으니　　　能請書紳高秩擢

신문왕 또한 성군의 풍도가 있구나.　　　　　　　　　神文亦是聖君風

— 윤기, 『무명자집』, 「시고」 책6

이 시는 〈화왕계〉의 내용을 알고 있음을 전제로 하여 창작한 것이
다. 설총의 우화 속에서 화왕이 백두옹에게 감사한 내용과, 신문왕이
실제로 설총을 발탁한 사실을 병치함으로써 화왕과 신문왕이 다 같
이 성군의 자질과 풍도가 있음을 지적하고 있다. 이를 통하여 제왕은
겉모습의 아름다움보다는 내면의 충실함을 취해야 함을 주장하고 있

플로렌스 크레인, 〈할미꽃〉(『머나먼 한국의 야생화와 이야기』).

다. 이 시에 나온 서신書紳은 삶과 공부에 긴요한 말을 잊지 않기 위
하여 허리띠에 적어 두는 것으로, 공자가 충신忠信과 독경篤敬에 관해
말하자 그 가르침을 명심하기 위하여 자장子張이 이를 띠에 적었다는
고사에서 유래한 단어이다. 🖤

## 설총, 〈화왕계〉(일명 〈풍왕서諷王書〉)

신이 듣자오니, 옛날 화왕花王(모란)이 처음 이곳에 이르러 향내 풍기는 동산에 자리 잡고 푸른 장막으로 둘렀더니, 늦은 봄에 곱게 피어 온갖 꽃을 무시하고 빼어났답니다. 어느 날 한 아리따운 아가씨가 고운 얼굴에 하얀 치아, 밝은 단장과 고운 옷차림으로 사뿐사뿐 걸어 어여쁘게 앞에 와서 아뢰기를, "저는 눈처럼 흰 모래 물가를 밟고 거울인 양 맑은 바다 위를 마주 보면서, 봄비에 목욕하여 때를 씻고, 맑은 바람을 쏘여 스스로 노닐었사옵니다. 저의 이름은 장미라 하옵니다. 대왕의 아름다운 덕망을 듣사옵고, 저 향내 풍기는 휘장 속에서 모시고자 하오니, 대왕께서 저를 허용하시겠사옵니까."라고 하였습니다.

이윽고 또 어떤 사내가 베옷에 가죽띠를 띠고 흰머리로 지팡이를 짚고 절뚝거리며 걸어오더니 아뢰기를, "저는 서울 밖 한 길가에 살고 있사옵니다. 제 이름은 백두옹白頭翁이라 하옵니다. 가만히 생각하건대, 대왕께서는 좌우의 공급이 넉넉하여 비록 기름진 쌀과 고기로써 창자를 채우고 아름다운 차와 술로써 정신을 맑게 한다 하오나, 상자 속에 깊이 간직한 좋은 약으로써 기운을 도울 것이요, 영사靈砂로써 독을 제거해야 할 것이옵니다. 그러므로 옛말에, '비록 실과 삼의 아름다움이 있더라도, 갈(菅)이나 사초(蓏)도 버리지 말라. 모든 군자는 결핍될 때를 대비하지 않음이 없는 것이다.'라고 하였습니다. 알지 못하겠습니다. 대왕께서 뜻이 있으신지요."라고 하였답니다.

어떤 자가 아뢰기를, "이 둘이 함께 왔으니, 어떤 것을 취하고 어떤 것을 버린단 말씀입니까." 하였더니, 화왕은, "저 사내의 말도 일리는 있지마는 그리되면 아름다운 아가씨는 얻기 어려우니, 장차 어쩌면 좋단 말인가."라고 답하였답니다. 이에 그 사내가 앞으로 나아가 아뢰기를, "저는 대왕을 총명하고도 의리를 아시는 분인 줄 알고 왔더니, 이제 보니 잘못이었습니다. 대개 임금 된 분들이 간사하고 아첨하는 자를 좋아하고, 곧고 올바른 자를 싫어하지 않는 이가 드물었으니 전들 어이하겠습니까." 하였더니, 화왕은 곧 "내가 잘못했다. 내가 잘못했다."라고 사과하였답니다.

—『동문선』권52,「주의」

## 할미꽃 설화

옛날 어느 산골 마을에 한 할머니가 두 손녀를 키우고 있었다. 큰손녀는 얼굴은
예뻤으나 마음씨가 좋지 않고, 작은손녀는 마음씨는 고왔으나 얼굴이 못생겼다.
이들은 성장하여 큰손녀는 가까운 마을 부잣집으로, 작은손녀는 산 너머 먼 마
을의 가난한 집으로 시집가게 되었다. 큰손녀는 할 수 없이 할머니를 모셔 갔다.
그러나 큰손녀는 말뿐이고 잘 돌보지 않아 할머니는 굶주리고 서러운 나머지 작
은손녀를 찾아 산 너머 마을로 길을 떠날 수밖에 없었다. 할머니는 산길을 가다
가 기진맥진하여 더 걸을 수 없어 작은손녀의 집을 눈앞에 두고 길가에 쓰러져
세상을 떠나고 말았다. 뒤늦게 이 소식을 들은 작은손녀는 달려와서 할머니의
시신을 부둥켜안고 땅을 치며 슬퍼하였으며 뒷동산의 양지바른 곳에 고이 모셨
다. 그 할머니의 넋이 산골짝에 피게 된 것이 할미꽃이다.

— 『한국민족문화대백과사전』, 〈할미꽃〉

옛날에 일찍 홀로된 어느 어머니가 딸 셋을 키워 시집을 보냈다. 늙은 어머니는
혼자 살아가기 너무 어려워 큰딸을 찾아갔더니 처음에는 반기던 딸이 며칠 안 되
어 싫은 기색을 보였다. 섭섭해하면서 둘째 딸의 집에 갔더니 그곳도 역시 마찬
가지였다. 셋째 딸 집에 가서 살겠다고 찾아가 딸 집을 들여다보니, 마침 딸이 문
밖으로 나와 있었다.
어머니는 딸이 먼저 불러 주기를 기다렸으나 딸은 어머니를 알아보지 못하고 그
냥 집 안으로 들어갔다. '딸자식 다 쓸데없다.'고 생각한 어머니는 너무나 섭섭한
나머지 고개 위에서 허리를 구부리고 딸을 내려다보던 그 자세대로 죽고 말았다.
그 뒤 어머니가 죽은 곳에는 할미꽃이 피어나게 되었다. 이 설화는 식물의 생김
새에 관한 설명에 초점을 두고 이야기가 짜여 있지만, 가난과 가부장제도라는
가족제도 때문에 겪는 가난한 하층 여성의 삶의 고통 또한 잘 드러내고 있다.

— 『한국민족문화대백과사전』, 〈할미꽃설화〉

# 계수나무꽃

월궁의 선녀와 어울리는 자태

계수나무는 가지가 곧게 자라는 암수딴그루의 활엽 교목이다. 잎은 마주나고 꽃은 5월에 피며 향기가 있다. 수피는 적갈색으로 해열제 등의 약재로 사용하거나 수정과의 재료로 쓰며, 잎은 가을에 오색으로 단풍이 든다.

| 일소 오핵의 과거 급제를 축하하다 | 賀吳逸少翮登第 |
|---|---|
| 하늘 위 항아의 궁전에는 | 天上姮娥殿 |
| 늘 밝은 달이 환히 걸려 있네. | 常懸明月輝 |
| 달 속에 있는 오질이 | 月中吳質在 |
| 계수나무 꽃을 몰래 꺾어 돌아왔네. | 偸折桂花歸 |

— 정두경, 『동명집』 권2

봄과 헤어지고 여름을 만나네

〈은제 주전자〉 중 '계수나무 아래 방아 찧는 토끼', 국립고궁박물관.

　이 시는 오핵이라는 인물이 문과에 급제한 것을 축하하는 작품으로, 문과 급제자에게 월계화를 하사하던 관습을 월궁의 계수나무를 꺾는 것으로 표현하고 있다. 예로부터 월궁에 산다는 선녀 항아를 동원하고, 또 한나라 때 서하西河 사람으로 선도仙道를 배우다가 잘못을 저지르고 달 속으로 귀양 가서 늘 계수나무만 찍고 있다고 전해지는 오질이 그 꽃을 몰래 꺾어 돌아온 것으로 문과 급제를 우회적으로 표현하고 있다. 갑자기 이 시에서 오질을 끌어온 것은 두 사람이 다 오 씨라는 점을 고려한 것이다. 월궁의 항아와 계수나무꽃을 연결하는 것은 동양 사람들의 오랜 전통이어서 서거정도 시 〈월중항아도月中姮娥圖〉에서 "한번 구름 타고 상제의 나라로 떠나더니, 광한궁전에

◀심사정, 〈잠자리蜻蜓圖〉(『현원합벽첩』) 중 '계수나무꽃', 서울대학교 박물관.

는 계수나무꽃이 향기롭구나.—自乘雲去帝鄕 廣寒宮殿桂花香"라고 표
현한 바 있다.

　또 계수나무꽃의 희고 맑은 모습은 소나무의 변함없는 지조와 짝
을 이루는 것으로 생각하였다. 이기의 『송와잡설』에 전하는, 조선 태
조 이성계의 호를 지어 준 목은 이색의 설명은 이 점을 잘 보여 준다.
이성계가 이색에게 자와 당호를 지어 주기를 청하자, 목은은 "계화
는 가을에 희고 깨끗하며, 계수나무의 짝으로는 소나무만 한 것이 없
다."고 하였으니, 이것은 이성계가 중히 여기는 것이 절의이므로 변
치 않음을 숭상하는 것을 알기 때문이었다. 그래서 자를 중결仲潔, 당
호를 송헌松軒이라 하였다고 한다. 🌸

# 월계꽃

## 늙지 않는 화려한 신선

월계꽃은 장미과 낙엽 활엽 관목인 월계나무에서 피는 꽃이다. 꽃 모양이 장미와 흡사하지만 장미에 비해 꽃잎이 더 여리고 색깔도 옅은 것이 특징이다. 5월부터 꽃이 피는데, 계절마다 한 번씩 피는 것을 사계화, 매달 피는 것을 월계화라 한다.

**월계화**　　　　　　　　　　　　　　　月季花

갈홍에게 묻노니 일만 곡의 단사를　　　　萬斛丹砂問葛洪
어느 해 이 작은 동산 땅속 깊이 감추었나?　何年深窖小園中
꽃다운 뿌리가 노을 구름 물들여　　　　　芳根染□雲霞色
일부러 신선꽃이 되어 늙지 않고 붉구나.　故作仙葩不老紅

— 이인로, 『동문선』권20

플로렌스 크레인, 〈월계꽃〉과 〈노란 월계꽃〉(『머나먼 한국의 야생화와 이야기』).

갈홍은 중국 진晉나라 때의 학자이자 도사이다. 신선 사상을 체계
적으로 정리한 『포박자』의 저자로도 유명한데, 이 책에서 갈홍은 양
생법을 익히면 누구나 신선이 될 수 있다고 하였다. 시인이 월계화를
노래하며 갈홍을 소환한 것은 일 년에 여러 차례 피어나는 월계꽃이
마치 늙지 않는 신선 같다고 생각했기 때문이다.

곡斛은 열 말 정도의 용량이니, 만 곡은 그 양이 어마어마하다. 단사
는 불로장생을 위해 신선이 먹는 약인 선단의 재료다. 얼마나 많은 단
사를 땅속에 파묻어 놓았길래 그 자리에서 붉은 월계꽃이 신선처럼 오
래오래 피어나는가를 물은 것이다.

옛사람들은 화려한 꽃을 싫어했다. 그런데 월계꽃은 화려한 듯하

면서도 시인들에게 사랑받은 독특한 꽃이다. 조선 중기의 문신 구봉령은 월계꽃을 두고 노래한 〈사계화四季花〉에서 "주옹을 만류하여 떠나지 못하게 하려고, 사람 향해 문채에 화려함까지 더했구나. 挽得主翁留不去 向人文彩頓增華"라 읊었다. 주옹은 곧 '마음'을 뜻한다. 사람 마음을 사로잡으려고 아름다움에 화려함까지 더했다는 것이다. 그러나 월계꽃의 화려함은 오늘날 사람들이 이야기하는 화려함과는 조금 다르다. 눈이 부시게 하는 것이 아니라 마음을 서서히 밝히는 화려함일 것이다. 🈁

〈월계화〉(『정해진찬의궤』).

봄과 헤어지고 여름을 만나네

# 철쭉

아름다움 나그네 발걸음 붙잡는

철쭉은 4~6월에 잎과 꽃이 동시에 핀다. 가지 끝에 연분홍이나 흰색의 꽃잎이 3~7개씩 달리며, 꽃잎 안쪽에 붉은 갈색 반점이 있다. 일본에서 들어온 '왜철쭉'이 따로 있다. 진달래꽃과 함께 '영산홍映山紅'이라는 이름으로 불리기도 하는데, 따로 영산홍이라는 꽃이 있다고도 한다.

꽃에 관심이 많아 화훼시를 다수 남긴 김창업은 산철쭉과 왜철쭉, 두견화(일명 영산홍)에 대해 각각 시를 지어 구분하였다.

**산철쭉**　　　　　　　　　　　　　　　山躑躅

성글고 그윽한 자태 부용꽃 비슷하고　　　疎姿幽態類芙蓉
그늘진 기슭에서 늙은 소나무와 짝하네.　　多在陰崖伴古松

| 가지와 줄기 기이하여 지팡이 만들 만한데 | 枝幹亦奇堪作杖 |
| 껍질 깎은 그 모습 붉은 이무기 같네. | 削皮全似赤虯龍 |

## 왜철쭉 　　　　　　　　　　　　　　　　　　倭躑躅

| 한양의 정원과 정자 몇 곳에서 피었는가? | 京洛園亭幾處開 |
| 천금으로도 한 뿌리 구해 심기 어렵네. | 千錢難換一根栽 |
| 가련하여라 초라한 내 집에 있어 | 憐渠却在衡門下 |
| 기이하고 고운 자태 잡초만 비추네. | 奇艷徒然映草萊 |

## 두견화 일명 영산홍 　　　　　　　　　　　杜鵑 一名映山紅

| 두견화는 본디 영산홍이라 부르는데 | 杜鵑元有映山號 |
| 봄바람 맞아 흐드러지게 피네. | 迎著春風爛熳開 |
| 해 싫어하고 그늘 좋아함은 무슨 성격일까? | 惡日喜陰何氣性 |
| 핀 채로 옮겨 심어도 사니 기이하구나. | 帶花移活亦奇哉 |

— 김창업, 『노가재집』 권3

　　철쭉은 '척촉躑躅'에서 온 이름이다. 꽃이 너무 아름다워 지나가던 나그네가 자꾸 걸음을 멈추게 되어서, '머뭇거릴 척躑' 자에 '머뭇거릴 촉躅' 자를 썼다고 한다. 철쭉의 다른 이름인 '산객山客'도 철쭉꽃에 취해 버린 나그네를 뜻한다. 철쭉은 일본에서 들어온 왜철쭉(일본철쭉)과도 구분되며 진달래꽃인 두견화와도 다른데, 이들은 종종 혼

동된다. 이 모든 꽃들은 '영산홍映山紅'이라는 이름으로 묶여 불리기도 하고, 별도의 '영산홍'이라 지칭되는 꽃이 있다고도 하여 이름만으로는 무엇을 말하는지 알기 어렵다.

먼저 산철쭉은 진달래와 구분해야 한다. 봄소식을 알리는 진달래가 질 무렵이면 연분홍빛 철쭉이 피기 시작한다. 철쭉은 진달래와 비슷하여 언뜻 구분이 어려운데, 자세히 보면 꽃잎에 주름이 잡혀 있으며 엷은 자줏빛에 검은 점이 박혀 있다. 꽃과 꽃대에 끈적끈적한 점액이 있는데 여기에 독성이 있어 먹을 수 없다. 이에 진달래를 '참꽃'이라 하고 산철쭉을 '개꽃'이라 불렀다.

두견화 어제 디고 척촉 오늘피니
산중 번화ㅣ야 이 밧긔 쏘 이실사
힝호나 유수에 흘러 소식 알가 ㅎ노라

— 김시홍


이 시조에서는 진달래가 지고 나서야 비로소 철쭉이 피기 시작하는 모습을 잘 드러내고 있다.

왜철쭉은 강희안의 『양화소록』에서 그 기록이 처음 보인다.

주상 전하가 등극한 지 23년째 되던 봄, 일본에서 철쭉 화분 몇 개를 진상하였기에 정원에 두었다. 꽃이 피었는데 단엽에 꽃송이가 무척 크고 빛깔은 석류와 비슷하였으며 겹겹으로 꽃받침이 붙어 있어 오래도록 꽃이 지지 않았다. 색이 자색이고 천엽인 우리나라 품종과는 그 고움과 추함이 모모嫫母와

────────────

◀ 채용신, 〈화조도〉 10폭 중 '철쭉', 국립중앙박물관.

서시의 차이 이상이었다. 주상께서 아름답게 여겨 감상하시고 상림원에 나
누어 심게 하면서 바깥사람들에게 숨겨 아무도 이를 구하지 못하였다.

왜철쭉은 간혹 '영산홍'으로 불리지만, 이 두 꽃을 구분해야 한다
는 문인들의 기록 또한 적지 않다. 안평대군의 〈비해당사십팔영〉에
서는 왜철쭉과 영산홍을 나란히 실어 구분하고 있으며, 이수광 또한
『지봉유설』에서 "영산홍은 나무 이름인데, 꽃이 피는 것이 진달래보
다 늦고 철쭉보다는 빠르다. 나무는 철쭉처럼 생겼는데 키가 큰 교목

〈백자 청화 철쭉 무늬 병〉, 국립중앙박물관.

이며 지금 남방에 많다. 운서에 진달래를 영산홍이라 한 것이 있는데 잘못이다."라고 하였다. 서유구도『임원경제지』에서『본사本史』를 인용하여 "영산홍은 줄기와 잎이 진달래와 한결같은데, 다만 꽃이 피는 것이 진달래보다 조금 늦다. 또 꽃 색깔이 선홍색으로 연지보다 붉다."고 하였다.『화암수록』에서도 흰 꽃이 피는 영산백暎山白은 무척 귀하며, 중국에서 들어온 영산홍이나 철쭉은 일본에서 들여온 것만 못하다고 하였다. 신경준 또한 "영산홍은 꽃의 모양과 색깔이 왜철쭉과 비슷하지만 조금 작다. 휘황찬란한 빛으로 산기슭에 서 있으면, 온 산이 모두 붉은빛을 띠므로 '영산홍'이라 한다. 이 꽃은 본디 일본에서 자란다."고 기록하였다.

영산홍은 연산군이 특히 좋아하여 "영산홍 1만 그루를 궁중 후원에 심으라."는 명을 내리기도 하였다. 또 "장원서掌苑署 및 팔도에 명하여 왜철쭉을 많이 찾아내어 흙을 붙인 채 바치되 상하지 않도록 하라."는 명을 내려, 백성들이 이를 각 지역에서 옮기느라 큰 고초를 겪었다. 심지어 "영산홍을 재배한 숫자를 해당 관리에게 시켜서 알리게 하라."는 명을 내리고, 장의문藏義門 밖 산에 영산홍을 가득 심고 정자를 지어 '탕춘정蕩春亭'이라 부르기도 하였다. 연산군의 이러한 애착 때문에 당시 백성들은 영산홍을 '연산홍'이라 부르기도 하였다.

온갖 종류의 붉은 꽃에 모두 '영산홍'이라는 이름이 붙은 것에 대해서는 추사 김정희도 "꽃 붉으니 억지로 영산홍이라 이름하였으나, 품격은 본래부터 한가지가 아니라네.花紅强字暎山紅 品格元來自不同"(『완당전집』권10,〈영산홍〉)라고 한 바 있다. 조재삼 또한『송남잡지』「화약류花藥類」〈영산홍〉을 보면 "『화보』에서 '두견화·석류·산철쭉을 통

틀어 영산홍이라고 한다.'고 하였지만, 그 종류는 모두 다르다. 또 왜철쭉도 다르다."라 하였다.

철쭉이 우리 문헌에 등장한 것은 아주 오래된 일로 유명한 향가 〈헌화가〉와 그 설화에서 처음 발견된다(『삼국유사』 권2, 「기이」 2, 〈수로부인〉). 당시 지나가던 소 끄는 노인이 아름다운 수로부인을 위해 높이가 천 길이나 되는 절벽 위에서 따다 바친 꽃이 바로 철쭉꽃〔躑躅〕이었다.

그 외에 철쭉나무는 지팡이를 만드는 데도 쓰였다. 옛 문인들은 죽장竹杖이나 청려장靑藜杖, 등장藤杖 등 다양한 종류의 나무로 만든 지팡이를 사용하였는데, 척촉장은 우리나라에서만 사용된 독특한 지팡이라 한다. 일찍이 성호 이익은 척촉장에 대해 "빛깔이 아름답고 모양도 이상하게 생긴 것은 척촉장 같은 것이 없으나, 이는 반드시 뿌리

신윤복, 〈우물가의 밤 이야기井邊夜話〉 중 '철쭉'(『혜원전신첩』), 간송미술관.

는 커도 끝이 가늘게 생겼기 때문에 그 길이가 높지 않다."고 평하였다(『성호사설』 권5, 「만물문」, 〈도죽장桃竹杖〉). 이에 따르면 실제로 사용하기 편한 지팡이였다기보다는 그 모양을 감상하기 위한 역할이 더 컸으리라 짐작되기도 한다. ◨

# 송화

차와 함께하는

은은한 다식의 향기

송화는 소나무의 꽃이나 노란 꽃가루이다. 노란색으로 단맛과 향긋한 향이 있어 다식이나 차의 재료 또는 약재로 사용한다.

| 송화 | 松花 |
| --- | --- |

소나무도 봄의 싱그러움 저버리지 않으려 　　　　松公猶不負春芳
억지로 스스로 담황색 꽃 피우네. 　　　　　　強自敷花色淡黃
곧은 마음이 때로 흔들림 비웃을 만하니 　　　　堪笑貞心時或撓
문득 황금가루로 사람을 꾸미게 하네. 　　　　却將金粉爲人粧

— 이규보, 『동국이상국후집』 권1

이 시는 노란 꽃가루를 날리며 피어 있는 송화를 보며 지은 것이다.

남계우, 『화조화첩花鳥畫帖』 중 '소나무와 송화', 국립중앙박물관. ▶

봄철이면 화려하게 피는 온갖 꽃들 속에 섞여 있는 모습을 포착한 시인은, 터무니없게도 노란 꽃가루를 뒤집어쓴 모습이 마치 황금가루를 온몸에 뿌린 것처럼 화려해 보이는 탓에 선비의 굳은 마음조차 흔들릴 수 있다는 쪽으로 방향을 돌린다.

이것은 〈세한도〉에서 보듯이 소나무나 편백나무는 날씨가 추워진 뒤에야 시든다는 '송백후조松柏後凋'의 뜻을 뒤집어 표현한 것이다. 온갖 시련 속에서도 푸른 기운을 자랑하는 송백의 잎과 달리 노란 가루로 온 산야를 뒤덮는 송화의 위력은 소나무의 지조를 본받고자 하는 선비들에게는 또 다른 소나무의 이면일 수 있다.

그런데 소나무 중에는 중국의 대부송大夫松이나 우리나라의 정이품송이라 불리는 것도 있다. 대부송은 진시황이 태산에 올라가서 봉선封禪의 제사를 올리고 내려오다가 갑자기 폭풍우를 만나 소나무 아래로 피하고 나서 그 소나무가 공을 세웠다고 하여 오대부五大夫에 봉하였다는 나무이다. 정이품송은 세조가 1464년에 법주사로 행차할 때 타고 있던 가마가 소나무 아래를 지나는데 가지가 처져 있어 "연輦이 걸린다."고 하자 이 나무가 가지를 위로 들어 무사히 지나가게 되었으므로 세조로부터 정이품의 품계를 받았다는 나무이다. 이런 것을 보면 사물에는 늘 보는 시각에 따라 음과 양, 공과 과가 뒤섞여 있음을 알 수 있다. 🔏

## 송화다식

우리의 전통 한과 중에 송홧가루로 만든 다식茶食이 있다. 이 노란색의 고운 화분에는 영양이 풍부하다. 송홧가루를 꿀이나 조청과 반죽하여 송화강정·송화다식·송화병 등의 전통 과자를 만들며, 여름에는 이것을 꿀물에 탄 송화밀수松花蜜水를 만들어 마시기도 한다. 송화병은 제사의 제물이나 결혼·회갑 같은 잔치의 의례식으로 많이 사용한 음식이다.

이인문, 〈선동전다도仙童煎茶圖〉, 간송미술관.

소나무 아래서 동자가 찻물을 끓이고 있다.
바람에 솔향이 실려 오면 차 맛이 더욱 그윽하다.
여기에 송화다식을 더하면 신선이 부럽지 않으리라.

# 등꽃

여름을 알리네
연자줏빛 꽃잎 흩날리며

등꽃은 5월에 연자주색이나 흰색 꽃들이 아래로 길게 늘어지며 주렁주렁 핀다. 천리향처럼 향기가 진하고 널리 퍼져 멀리서 보이지 않아도 등꽃이 핀 것을 알 수 있다. 꽃에 달콤한 꿀이 있어 옛날에는 등꽃이 피면 아이들이 꽃을 따 먹으면서 보릿고개의 허기짐을 견디었다.

## 소나무 위 등꽃　　　　　　　　　　　　松上藤花

등꽃 한 그루 소나무에 붙어 있으니　　　　藤花一樹附寒松
붉은 그림자 겹겹에 푸른빛 짙네.　　　　　紅影重重翠色濃
보는 이는 근본이 다름을 알지 못하고　　　觀者未知根本異
같은 무리가 서로 용납한다 말하네.　　　　謂言連類互相容

— 김우급, 『추담문집』 권4

조선 중기 문인 김우급의 작품이다. 김우급은 광해군 때 진사시에 합격하였으나 폐모론이 이는 등 혼란한 정국에서 그에 반대하는 벽서를 붙였다가 유적에서 삭제되었다. 대책문으로 수석을 차지한 적도 있지만 방榜에서 삭제당한 이후 다시는 과거를 보지 않았고, 낙향하여 후학을 양성하였다.

이 작품은 소나무를 타고 올라간 등꽃을 읊은 것으로, 붉은 꽃잎과 푸른 소나무 잎의 뚜렷한 색상 대비가 두드러진다. 시인은 등나무가 소나무를 타고 올라가는 모습이 겉보기엔 하나 같지만 그 뿌리는 서로 다르다고 하며, 사람들이 이 둘을 같은 무리로 취급하는 것에 불만을 품고 있는 듯하다.

김우급은 정치적 격랑 한가운데서 활동한 인물이다. 임진왜란 때는 명나라 병사들의 행패를 보고 명나라 장수에게 항의하여 사과를 받아 냈다는 일화가 전하는 데서도 그의 곧은 성격을 짐작할 수 있다. 그러한 만큼 자신과 뜻을 같이하는지 여부에 민감할 터, 곧게 뻗은 소나무와 구불구불 올라가는 등나무가 같은 무리로 인식되는 것에 예민하게 반응한 것으로 볼 수도 있다. 무심히 스쳐 지나갈 수도 있는 평범한 자연물을 통해 시인의 심사를 은근히 드러내었다.

등꽃은 여름을 알리는 대표적인 꽃이다. 이에 한가로운 여름날 정경을 묘사하는 데 자주 등장한다.

### 매공의 선방에 짓다 題梅公房

푸른 나무 그늘 질고 여름 해 길어지니 綠樹陰濃夏日長

| | |
|---|---|
| 높고 낮은 처마 그림자 선방에 들어오네. | 高低簷影入禪房 |
| 매 선사는 누워 있다 낮잠을 깨어 | 梅師偃臥睡初醒 |
| 마침 낮은 담장에 드리운 등꽃을 보네. | 時見藤花垂短墻 |

— 김시습, 『매월당시집』 권3

한가로운 여름날 해 질 무렵 낮잠에서 깨어나 등꽃이 아래로 늘어진 풍경을 보고 읊은 시이다. 이 작품은 원래 당나라 황소黃巢의 난 토벌군 사령관으로 유명했던 고병高駢의 〈산속 정자의 여름날山亭夏日〉이라는 작품을 따라 지은 것이다. 고병의 시는 "푸른 나무 그늘 짙고 여름 해 길어, 거꾸로 선 누대 그림자 연못 속에 들어 있네. 수정발 움직이니 산들바람 일고, 시렁 가득한 장미는 온 정원에 향기 풍기네.綠樹陰濃夏日長 樓臺倒影入池塘 水精簾動微風起 滿架薔薇一院香"(『전당시』)라고 하였다.

여기서 기구와 승구는 모두 고병의 작품에서 가져왔고, 마지막에 장미 대신 등꽃을 넣어 시인 주변의 여름 풍경을 묘사하였다. 우리나라의 여름은 장미보다 등꽃이 더욱 익숙한 만큼 이로써 중국이 아닌 조선의 여름 풍경이 완성되었다. 한편 장미와 등꽃은 모두 향기가 짙은 꽃으로 이 시들을 읽는 것만으로도 짙은 여름 향기를 느낄 수 있다.

등꽃을 여러 수 읊은 자하 신위 또한 자줏빛 등꽃 떨어지는 여름날의 한가로운 정경을 묘사하였다.

◀ 신명연, 〈산수화훼도〉 중 '등꽃', 국립중앙박물관.

## 긴 여름

긴 여름 산방에 객이 드물어
비 끝에 이끼가 사립문을 오르네.
자줏빛 등꽃 떨어지니 푸릇한 자귀꽃 피고
꾀꼬리 우니 흰 나비 날아오르네.

長夏山房客到稀
雨餘苔色上林扉
紫藤花落靑棠發
黃栗留啼白蝶飛

— 신위, 『경수당전고』 책28

　시인은 초록빛 이끼와 자줏빛 등꽃, 푸르스름한 자귀꽃, 거기에 노란 꾀꼬리와 흰 나비에 이르기까지 온갖 다채로운 빛깔을 동원하여 여름날의 화려한 풍경을 노래한다.
　앞서 매월당이 장미를 등꽃으로 바꿔 조선의 풍경을 노래한 것처럼 등꽃은 우리나라 문인들에게 고향을 떠올리게 하는 꽃이기도 하였다.

## 윤서중의 시에 차운하여

次尹恕中韻

서울에서 노니는 나그네
구름 덮인 산 어디가 집인가?
옅은 안개 속에 대숲 길 나타나면
보슬비에 등꽃이 떨어지오.

京洛旅遊客
雲山何處家
疎煙生竹逕
細雨落藤花

— 이달, 『손곡시집』 권5

남계우, 〈화조도〉 2폭 중 '등꽃', 국립중앙박물관. ▶

## 귀향을 생각하며  思歸

오랜 나그네는 응당 장이 끊어지련만  久客腸應斷
고향에 돌아가는 꿈 이루지 못하네.  思歸夢不成
등꽃은 사오월에 피는데  藤花四五月
두견새 울음소리 두어 마디 들리네.  杜宇兩三聲

ー 강진, 『대산집』 권3

이달과 강진의 두 시 모두 고향을 떠난 나그네가 집을 떠올리며 읊은 작품이다. 오늘날 우리는 유명한 동요 〈고향의 봄〉에 나오는 "나의 살던 고향은 꽃피는 산골, 복숭아꽃 살구꽃 아기진달래"라는 가사를 통해, 고향을 상징하는 꽃 하면 복숭아꽃과 살구꽃, 진달래꽃을 떠올리지만, 조선의 문인들에게는 자줏빛 등꽃 떨어지는 풍경 또한 고향 집의 향수를 불러일으키는 중요한 상징물이었던 것이다. 🔲

[국색·부귀화·화왕]

# 모란꽃

## 제왕으로 군림하는 독보적 꽃

모란은 중국 중서부 지방이 원산지인 꽃나무로, 원래 약용식물로 재배되었으나 꽃의 화려함으로 인하여 '화왕'으로 불리고, 빼어난 빛깔과 향기로 '국색천향國色天香'으로도 불렸다. 5월에 붉은색 꽃이 가지 끝에 피는데 지름이 15~20센티미터에 이르고 8장의 꽃잎에 5장의 꽃받침잎이 있으며, 가을에 동그란 열매가 익는다. 초본식물인 작약과 비슷하지만 모란은 목본식물이라는 차이가 있다.

모란은 『삼국유사』 권1, 「기이」에 실린 신라 선덕여왕(이름 덕만)의 〈지기삼사知幾三事〉 설화에 등장할 정도로 우리나라에 일찍부터 알려진 꽃이었다. 그중 모란과 관련한 이야기는 다음과 같다. 신라 진평왕 때 당나라 태종이 붉은색·자주색·흰색 세 가지 색깔의 모란 그림과 그 씨앗 석 되를 함께 보내온 것을 보고, 덕만 공주가 그 꽃에 향기가 없을 것이라고 하였는데 이듬해 핀 그 모란은 과연 향기가 없었다

봄과 헤어지고 여름을 만나네

고 한다. 공주는 그렇게 헤아린 이유가 그림 속의 모란에 나비가 그려져 있지 않았기 때문이라고 하였다. 그러나 실제로 모란꽃은 대체로 짙은 향기를 풍긴다.

## 목단을 읊다 詠牧丹

| | |
|---|---|
| 풍류와 부귀는 온갖 꽃 중에서 높고 | 風流富貴百花尊 |
| 국색과 천향은 온전함에 이르렀네. | 國色天香到十分 |
| 어이하여 그토록 꽃이 크게 피면서도 | 如何箇樣花開大 |
| 보잘것없는 겨자의 자손만큼도 번성치 못하는가? | 不及區區芥子孫 |

— 서거정,『사가시집』권31

이 시에서 서거정은 모란꽃이 풍류와 부귀로 알려져 있고 그 향기가 온전하게 보전되어 있을 뿐 아니라 큰 꽃송이를 자랑하고 있지만 한 가지 흠이라면 겨자만큼도 제대로 번성하지 못함을 지적하고 있다. 칠언절구의 짧은 시이지만 모란에 대한 여러 가지 정보가 담겨 있다.

첫 구의 풍류와 부귀에 대한 언급은 원나라 시인 이효광李孝光의 시 〈모란牡丹〉의 "부귀와 풍류가 무리에서 빼어나니, 온갖 꽃들이 머리 숙여 꽃향기에 절하네.富貴風流拔等倫 百花低首拜芳塵"라는 대목을 변형한 것이고, 또 송나라 철학자 주돈이의 〈애련설〉에서 "나는 이르나니, 국화는 꽃 중의 은자이고, 모란꽃은 꽃 중의 부귀한 자이며, 연꽃은 꽃 중의 군자라고 할 것이다.予謂菊花之隱逸者也 牡丹花之富貴者也

蓮花之君子者也"라는 구절을 끌어온 것이다. 모란은 당의 여황제 측천무후가 매우 사랑하여 고향인 산서성山西省 서하西河에서 궁중의 정원에 옮겨 심은 뒤 점차 장안에 널리 퍼지게 되었으므로 부귀를 상징한다는 이야기도 있다. 송나라 때 지어진 『사물기원事物紀原』에 "측

남계우, 〈화접도花蝶圖〉 2폭 중 '모란', 국립중앙박물관.

천무후가 겨울에 후원으로 노닐러 갔는데 모든 꽃이 꽃을 피웠으나 모란만이 늦었으므로 결국 낙양으로 귀양을 갔다. 그래서 오늘날 모란은 낙양이 으뜸이라고 말한다."는 이야기가 실려 전해지기도 한다.

둘째 구의 국색과 천향은 당 문종 때의 중서사인 이정봉李正封의 시 〈모란을 읊다咏牡丹〉의 "천향은 밤에 옷을 흠뻑 적시고, 국색은 아침에 마신 술처럼 불그레하네.天香夜染衣 國色朝酣酒"라는 대목에서 따온 것으로, 국색은 모란꽃의 빼어난 빛깔을, 천향은 천상 세계에나 있을 법한 아름다운 향기를 일컫는다.

3, 4구는 이처럼 크고 아름다운 꽃송이를 피우는 모란이지만 번식이 쉽지 않아서 널리 퍼뜨리기가 어렵다는 사실을 지적하고 있다.


**화왕을 읊다**                                                    詠花王


화왕이 춘풍에 피어                                          花王發春風

계단 위에서 말이 없네.                                     不語階壇上

어지럽게 온갖 꽃이 피었거늘                         紛紛百花開

무슨 꽃이 승상이 되겠는가?                            何花爲丞相

— 이현일,『갈암집』권1


이 시는 이현일이 아홉 살 때 지은 작품으로, 계단 위에 핀 화왕인 모란이 아무런 말이 없거늘 어지럽게 피어난 많은 꽃 가운데 누가 승상이 될지 모르겠다는 아이다운 발상을 담고 있다. 모란꽃을 화왕으로 지칭한 예는 설총의 〈화왕계〉에 등장한 이후로, 후대의 많은 이들

허련, 〈묵모란도墨牡丹圖〉(『소치묵묘첩』), 국립중앙박물관.

이 그 말을 당연한 것으로 받아들이고 있다.

특히 고려 시대에는 조정의 신하들이 집단으로 모란을 주제로 삼은 시를 짓기도 하였다. 이규보는 개경의 연경궁延慶宮 후원에 있는 산호정山呼亭에 모란이 한창 피면 이를 읊는 사람이 많아 거의 100수에 이른다는 사실을 언급하였고, 민사평은 〈목단시牧丹詩〉의 서문에서 공민왕 2년(1353) 여름 4월에 새로 급제한 진사들이 대궐에 와서 숙배를 하였는데, 임금이 불러 사운四韻의 모란 시를 짓도록 명하여 신하들이 순서대로 돌아가며 차운한 것이 수백여 편이 되었다고 하였다.

### 산호전 내도량의 주지 혜수좌를 찾아가 山呼殿 訪內道場惠首座方丈 자주색 모란꽃을 읊다 賦紫牡丹

| 짙은 붉은색 궁궐에 가까이하기 적합지 않은지 | 頑紅未合近宮闈 |
| 문득 궁녀들의 몸에 걸친 옷을 닮았네. | 却學中人身上衣 |
| 중후한 색깔은 온통 닭의 얇은 볏인 양 속이고 | 色厚全欺鷄髻淺 |
| 짙은 향기는 응당 사향노루의 미묘한 배꼽을 비웃으리. | 香濃應笑麝臍微 |
| 제왕이 정을 쏟아 감상하시는 은혜 잔뜩 입고 | 貪承萬乘鍾情賞 |
| 온갖 꽃이 눈에 드물어지는 시절 짐짓 기다리네. | 故待千花入眼稀 |
| 옛 문헌에서 자줏빛 귀하다는 말 읽었건만 | 舊譜曾聞紫中貴 |
| 재주가 범상하여 그런지 아닌지 알지 못하겠네. | 才凡未識是耶非 |

— 이규보, 『동국이상국전집』 권13

이 시는 내전인 산호전에 핀 자주색 모란꽃의 다양한 면모를 읊은 것이다. 수련에서 짙은 붉은색 모란꽃이 강한 인상을 주기는 하지만 제왕의 궁전에는 어울릴 것 같지 않아서 궁녀들의 옷 색깔과 닮은 자주색 꽃을 피운 듯하다는 느낌을 담고, 이어 경련에서 그 색깔과 향기의 독특함을 언급하고 있으니 곧 중후한 색깔은 얄팍한 닭 볏인 듯하고 짙은 사향의 향기를 압도하리라는 것이다. 경련에서 모란의 개화 시기가 온갖 봄꽃이 시들어 꽃이 드문 시절이기에 더욱 독보적임을 말한 뒤에, 미련에서는 일찍이 자주색 모란꽃이 매우 귀하다는 사실을 옛 문헌에서 알았지만 시인은 타고난 재주가 미련한 탓인지 그 말의 진위를 판단할 수 없다고 고백하고 있다.

## 가을 모란 　　　　　　　　　　　　　　　　　秋牡丹

붉은색과 자주색 해마다 차례로 꽃 피우니 　　　　　　紅紫年年迭變更
모란의 잎에 국화의 꽃송이를 붙였구나. 　　　　　　　牡丹之葉菊之英
가을에 너처럼 부귀한 것이 없는데도 　　　　　　　　秋來富貴無如汝
멋대로 동쪽 울타리 처사의 이름 모칭하였구나. 　　　橫冒東籬處士名

— 김정희, 『완당전집』 권10

이 시는 7~9월에 흰색·빨간색·분홍색·자주색 등의 꽃을 피우는 당국唐菊, 곧 추모란을 대상으로 한 것이어서, 엄밀히는 모란꽃을 읊은 것이 아니다. 그러나 그 모습이 모란꽃을 닮아 모란의 종류인 양 착각하게 하는 꽃에다 '-모란'이라는 이름을 붙여 부르는 모습을 엿

작자 미상, 〈모란도〉 4폭, 국립고궁박물관.

보게 하는 것으로, 역으로 모란이 대단히 귀한 꽃임을 보여 주는 작품이기도 하다. 이유원은 『임하필기』〈추목단秋牡丹〉 항목에서, "『군방보群芳譜』에 '추모란은 초목 식물이다. 잎은 모란과 비슷하지만 조금 작고 꽃은 국화와 같고 꽃술이 황색이다. 가을 정취가 적막할 때 몇 포기를 심어 놓으면 가을 분위기를 한층 높일 수 있다. 시속에서 이른바 당국唐菊이라고 하는 것이다.'라 하였다."고 설명하였다.

시의 내용을 요약하면 다음과 같다. 이 꽃은 붉은색과 자주색 꽃이 해마다 연이어 피는데, 잎은 모란 잎 같고 꽃은 국화꽃과 같은 모습이다. 가을에 피는 모란과 같아서 이 꽃처럼 부귀를 자랑하는 것이 없는데도 자연 속에서 당국이라 하여 은일을 대표하는 꽃인 국화의 이름을 모칭하고 있음이 어처구니없다는 것이다. 결구의 동리처사는 울타리 아래에서 국화를 꺾는 처사로 진나라의 은자 도연명을 가리킨다. 이 말은 그의 시 〈음주飮酒〉의 "동쪽 울타리에서 국화를 따노라니, 멀리 남산이 눈에 보이네.採菊東籬下 悠然見南山"라는 구절을 변용한 것이다. 🖫

---

◀심사정, 〈화조도〉 중 '모란', 국립중앙박물관.

# 찔레꽃

아찔한 향기 병풍

찔레꽃은 장미과의 찔레나무에서 피는 꽃이다. 5월에 양지바른 들이나 물가에서 피며 꽃 지름은 2센티미터 정도로 크지 않다. 화신풍 가운데 마지막 바람인 곡우풍이 불면 모란 다음에 피는 꽃으로, 우리나라 대부분 지역에서 쉽게 볼 수 있다. 줄기에 가시가 있어 찔리기 쉬워 '찔레'라는 이름을 얻었다. 찔레꽃은 도미荼蘼·야당野棠·질려蒺藜 등 다양한 이름으로 불린다.

이운의 골짜기 입구로 작은 시내 흐르는데　　　　　　梨雲谷口小溪長
입속에서 살살 녹는 특산 배나무 몇 줄.　　　　　　絶品含消立數行
온 길에 찔레꽃 눈에 가득 들어오니　　　　　　　　一路蒺藜花滿眼
산들바람 술통 스쳐 술 향기 풍겨 오네.　　　　　　細風吹撲酒槽香

— 정약용, 『다산시문집』 권22, 「산행일기」

플로렌스 크레인, 〈찔레꽃〉(『머나먼 한국의 야생화와 이야기』).

찔레꽃은 늦봄에서 초여름에 양지바른 곳이면 어디서든 쉽게 볼 수 있다. 봄꽃들의 끝자락에 피기 때문에 송나라 시인 왕기王淇는 〈봄날 저녁 작은 정원에서 노닐며春暮遊小園〉라는 시에서 "찔레꽃 피면 꽃 구경도 끝이 나네.開到酴醾花事了"라 읊었다. 옛사람들은 찔레꽃으로 꽃 병풍을 만들었다고 한다. 향이 강해서 멀리서도 찔레꽃이 피었음

봄과 헤어지고 여름을 만나네

변상벽, 〈어미 닭과 병아리母鷄領子圖〉 중 '찔레꽃', 국립중앙박물관.

을 알아차릴 수 있었다고 하니, 찔레꽃 병풍 앞에 서면 그 향기에 정신이 아찔하지 않았을까.

길가에 한가득 핀 찔레꽃이 눈에 들어오고 봄바람이 불어오자 술 향기가 풍겨 온다고 하였는데, 술이 익어 가는 계절이어서 이렇게 표현한 것이기도 하지만, 다산이 당시 실제로 맡았던 향기는 술 향기뿐만이 아니었을 것이다. 농익은 찔레꽃의 향기가 주향과 함께 풍겨 오는 늦봄의 난만한 정취를 고스란히 담아내고 있는 시다.

정약용의 「산행일기」는 1823년 4월 15일부터 26일까지 한강을 따라 서울과 춘천을 오가는 과정을 기록한 기행문이다. 위 시는 4월 21일에 오늘날의 춘천시 신북읍 용산리, 북한강 가를 지나며 지은 것이다. 시 속 풍경은 그곳 이곡촌梨谷村을 지날 때 본 것이다. 이곡촌은 맛 좋은 배로 유명하며 정약용이 이곳을 지날 때 배나무 100여 그루가 있었다고 한다. 이 특산 배나무는 원문에 '함소含消'로 나타나 있다. 이는 곧 한 무제의 동산에서 나던 배인 함소리含消梨를 가리킨다. 입안에 머금으면 살살 녹을 만큼 과육이 부드럽고 맛이 좋다고 하여 붙은 이름이다. 이 배는 크기도 커서 익은 채 떨어지면 상하기 때문에 밑에 주머니를 받치고 땄다고 한다.

찔레꽃은 늦봄의 시골 정취를 상징하기도 한다. 허균은 〈풍락정에서 봄놀이하며 지은 운자를 써 양진당에서 짓다養眞堂卽事 用豐樂亭游春韻〉라는 시에서 "바닷고을 생각하니 봄이 한창 좋을 때라, 숲 가득 찔레꽃만 부질없이 피었겠지.仍憶海鄕春正好 滿林空發刺桐花"라 읊은 바 있다. 앤

# 작약꽃

### 화려한 자태 모란 부럽지 않은

작약은 작약과에 속하는 관속식물로 5~6월에 흰색과 빨간색 또는 여러 가지 색깔이 혼합된 꽃이 줄기 끝에 한 송이씩 핀다. 원산지는 중국으로 관상용이나 약초로 재배하는데 배수가 잘되고 약간 그늘진 땅에서 잘 자라며, 어린잎은 식용하고 뿌리는 약재로 사용한다. 꽃은 늦봄에서 초여름에 걸쳐 피어 사람들에게 귀한 대접을 받았으므로, 박규수는 〈하전 사군이 백작약을 읊어서 보내 준 시가 정신을 그윽하고 심원하게 하므로 잠시 그 시에 차운하다夏篆使君示詠白芍藥詩 神情 幽遠 聊次其韻〉라는 시에서 "늦봄에 모든 꽃이 붉은 먼지에 퇴색하건만, 그윽하고 싱그러운 모습은 물들지 않네.百花春晚紅塵艷 窈窕芳標不 染痾"라고 읊은 바 있다. 작약은 모란과 비슷한 꽃 모양을 지니고 있으나 모란이 나무인 데 반해 작약은 풀이라는 차이가 있다.

플로렌스 크레인, 〈함박꽃(백작약)〉(『머나먼 한국의 야생화와 이야기』).

## 붉은 작약 紅芍藥

곱게 단장한 두 볼이 취한 듯 붉으니　　　　　嚴粧兩臉醉潮勻

다들 말하기를 서시의 옛 모습이라 하네.　　　共導西施舊日身

웃음으로 오나라를 깨뜨린 것도 오히려 부족하여　笑破吳家猶不足

문득 또 누구를 고뇌하도록 하려는가?　　　　却來還欲惱何人

— 이규보, 『동국이상국전집』 권16

　　　　　　　　　　　　　　봄과 헤어지고 여름을 만나네

이 시는 작약꽃을 중국의 4대 미녀 중 한 사람인 서시에 비긴 것이다. 춘추 시대에 오왕 부차夫差에게 회계에서 패한 월왕 구천句踐이 신하 범려范蠡의 말에 따라 그녀를 부차에게 바치자 서시의 미모에 미혹된 부차가 관왜궁館娃宮을 짓고 갖은 향락을 누리다가 마침내 구천에게 패망당한 역사적 사실을 끌어와서, 나라를 망친 것도 부족하여 서시처럼 예쁜 작약이 또 누구를 고민에 빠뜨리려고 하는지를 묻고 있다. 이처럼 붉은 작약꽃은 사람을 미혹하는 매력이 있다고 느끼는 것이다.

조선 중기의 시인 기대승은 시 〈작약〉에서 "짙은 빛깔이 비를 맞고서도 잎 사이에서 환하거늘, 이를 대하여 어찌 옥 술잔을 기울이지 않으랴?濃合和雨葉間明 對此寧辭玉盞傾"라고 하여, 이 꽃이 마치 절세미녀처럼 느껴져 술을 마시지 않을 수 없음을 토로하고 있다. 만당晩唐 시인 이상은李商隱이 "꽃을 마주하여 차나 마시는 것對花啜茶"을 살풍경殺風景한 장면의 하나로 꼽았듯이, 역시 아름다운 작약꽃을 마주하면 술을 마시지 않을 수 없다고 할 것이다.

### 백작약을 보내 준 도천에게 감사하다 두 수   謝道川寄白芍 二首

| 나라의 병을 고치는 솜씨를 간직한 그대가 | 斂君醫國手 |
| 나에게 몸을 고치는 약을 보내 주었네. | 寄我醫身藥 |
| 동병상련의 은혜를 입어서 | 相憐荷同病 |
| 수습하여 한번 복용할 것을 기약하네. | 打疊期一服 |

돌 틈에 뿌리를 박았는데            托根在石罅

정결한 자태는 흰 눈에 비길 만하네.       貞姿較白雪

캐기는 캐되 바구니를 채워서는 안 되나니    采采勿盈筐

열매가 영그는 가을을 기다려야 하리.      留待秋成實

— 송준길, 『동춘당집』 권24

 이 시는 1638년에 지은 것으로 백작약의 약효에 주목하였다. 한방에서 보혈補血과 지통止痛의 효능을 지니고 있다고 하는 백작약 뿌리를 보내 준 우암 송시열에게 감사하는 마음을 담고 있다. 이때 송준길은 공주의 오도산 아래에 살고, 송시열은 황간의 도천에 거주하고 있었으므로, 시 제목의 도천은 곧 송시열을 가리킨다. 앞의 작품은 같은 병을 앓으며 효험을 본 우암 덕분에 시인도 한번 복용하겠다는 마음을 담고 있고, 뒤의 작품은 작약의 백설같이 아름다운 자태를 묘사하면서 제대로 효험을 보려면 열매가 영그는 가을까지 기다려야 함을 말하고 있다. 무엇이든지 제대로 된 성숙 과정과 그것을 기다리는 인내의 과정을 거쳐야 한다는 불변의 진리를 담은 작품이다. 🖋

# 나리꽃

## 붉은 연지 찍은 꽃술, 푸른 잎사귀 자랑하네

나리꽃은 7~8월에 피는 여름꽃으로 노란빛이 도는 붉은색 꽃잎에 검붉은 점이 많으며 꽃잎은 뒤로 말려 있다. 6개의 수술과 1개의 암술이 꽃 밖으로 길게 나와 있고, 꽃밥은 짙은 붉은빛을 띤 갈색이다. '백합百合'은 나리의 한자 이름이다. 한자로 흰색을 의미하는 '白'이 아닌 100을 뜻하는 '百'을 쓰는 것은 뿌리가 마늘과 비슷한 알뿌리로 여러 작은 조각이 합쳐져 하나의 뿌리를 이루는 데서 유래하였다.

### 일직촌 권씨 별장의 영물 12절(제7수)　　　一直村權氏莊詠物十二絶

| | |
|---|---|
| 동쪽 이웃 여인처럼 연지 찍어 새빨간 꽃술 | 施朱太赤似東家 |
| 초록 가지, 푸른 잎사귀와 함께 자랑할 만하구나. | 綠葉靑枝並可誇 |
| 하루아침 비바람에 홍색 자색 떨어지면 | 風雨一朝紅紫歇 |

어디서 이런 봄 풍경 다시 보이랴?　　　　　　容渠恁地作年華

(이는 백합을 읊은 것이다.)

— 이식, 『택당집』 권2

　오늘날 우리는 백합 하면 '순결'이라는 꽃말과 함께 눈처럼 하얀 꽃을 떠올린다. 그러나 흔히 보이는 순백의 백합은 대부분 서양에서 들어온 것이다. '참나리'라고도 불리는 토종 백합, 즉 나리꽃은 보통 주황색 꽃이다.

　나리꽃은 우리나라에서 1천 년 전부터 피었던 것으로 보이는데, 여러 문헌에서 그 이름의 변화를 살필 수 있다. 고려 때는 이두식으로 '가히나리꽃〔犬乃里花〕', '대각나리大角那里'라고 불렀으며, 조선 시대 『향약채취월령鄕藥採取月令』과 『촌가구급방』에서는 '가히나리〔犬伊日〕', 『향약집성방』에서는 '개이날이〔介伊日伊〕'라고 하였다. 『동의보감』·『산림경제』·『제상신편濟象新編』 등에는 '개나리불휘'라고 하였다. 『물명고』를 보면 '흰날이'는 향기로운 흰 백합을 말하고, '산날이'는 붉은 꽃이 피는 산단山丹(하늘나리)을, '개날이'는 붉은 꽃에 검은 반점이 있는 권단卷丹(참나리)을 가리키며, 그 뿌리는 쪄서 먹는다고 하였다.

　일본어로는 '유리ㄱ 지'라고 하는데, 이에 대해 에도 시대 학자 아라이 하쿠세키新井白石는 『동아東雅』라는 저술에서, 고려와 백제 땅에서 부르던 '나리'라는 명칭이 일본에 건너와 '유리'로 변했다고 하였다. 그중에 붉은색의 '권단卷丹'은 '참나리〔眞〕'라 하고 나머지는 '개나리'라 하는데, 먹을 수 있는 것에 '참' 자를 주고 못 먹는 것에 '개'

심사정, 〈백합과 괴석百合怪石〉, 간송미술관. ▶

자를 준 것 같다고 풀이하였다.

'백합百合'은 100조각의 뿌리가 합쳐졌다는 의미에서 '百(일백 백)'을 쓴다. 실상 백합은 그 뿌리가 더 귀하게 취급되어 한약재와 구황작물로 널리 쓰였다. 홍만선은 『산림경제』의 약, 죽·밥, 구황 항목 등에서 백합에 대해 언급하고 있다. 이 책에서는 백합을 '개나리뿌리'라고 부르면서, "그 뿌리가 백 조각[百片]인데 포개져 붙어 있으므로 백합이라 한다."고 하였다. 또한 뿌리를 캐어 국수를 만들거나 백합죽(개나리뿌리 죽)을 요리하는 법을 소개하고, 백합 뿌리를 찌거나 삶아 먹으면 구황작물 양식이 된다고 하였다. 백합꽃에 대해서는 다음과 같이 설명하였다.

> 산과 들에서 나는데 두 종류가 있다. 한 종류는 가는 잎에 꽃은 홍백색이고, 또 한 종류는 잎이 크고 줄기가 길며 뿌리는 굵다. 꽃이 흰 것은 약에 들어가지만, 꽃이 붉은 것은 산단山丹이라 이름하는데, 매우 좋지 않다. 또 한 종류는 꽃이 노랗고 검은 얼룩[黑斑]의 가는 잎이 있다. 그리고 잎 사이에 검은 점[黑子]이 있는데 약에 들어가지 못한다.
>
> — 홍만선, 『산림경제』 권4, 「치약」

이 밖에도 『의림촬요醫林撮要』를 비롯한 각종 의서에 '백합산百合散'이나 '백합탕'과 같은 약의 재료로 사용된다고 하여 일상에서 유용한 작물이었음을 알 수 있다.

백합은 또한 그 짙은 향기로 유명하다. 향이 너무 강해 닫힌 공간에 백합을 놓지 말라는 말도 있고, 서양에는 백합의 향을 맡으면 정신병

---

신명연, 〈산수화훼도〉 중 '나리(백합)', 국립중앙박물관. ▶

에 걸린다는 미신이 있을 정도이다. 옛사람들 또한 백합의 아름다움 만큼이나 그 진한 향기를 함께 노래하였다.

| 빼어난 꽃 기이한 향의 백합이 | 百合花花秀香異 |
| 거친 땅에 있음을 탄식하며 | 種在荒穢可歎 |
| | |
| 이 같은 꽃 이 같은 향이 | 如此花兼如此香 |
| 어찌하여 허물어진 담장에 버려졌는가? | 如何棄擲毀垣傍 |
| 번홍화와 석죽화는 모두 평범함에도 | 番紅石竹皆凡品 |
| 오히려 화분을 얻어 아름다움을 바치건만. | 猶得盆供薦色光 |

— 조면호, 『옥수집』 권17

19세기 문인 조면호의 작품이다. 백합의 아름다움과 향기를 말하면서 이렇게 빼어난 꽃이 허물어진 담장에 버려진 채 피어 있음을 안타까워하고 있다. 번홍화와 석죽화같이 평범한 꽃이 오히려 화분에 심겨 귀하게 대우받는 것과 비교하며 더욱 그 부당함을 토로한다. 옛사람들은 아름다운 꽃이 제대로 대접받지 못하는 것에 유독 안타까움을 드러냈는데, 그건 사람의 생각일 뿐 꽃의 입장에서는 화분에 갇혀 한두 사람에게만 감상되기보다는 들판에 피어 모든 사람에게 찬사를 받는 것이 더 좋은 일 아닐까도 싶다. 🔳

# 치자꽃

하얀 꽃잎 사이 그윽한 향기

치자나무는 꼭두서닛과에 속하는 상록관목으로 중국이 원산지이고 동북아 여러 나라와 대만, 인도 등에 분포한다. 열매가 술잔을 닮아서 술잔을 뜻하는 '치자梔子'라고 부른다. 우리나라 남해안 부근에 자생하는데 고려 시대 이전에 중국에서 들어온 것으로 보인다. 6~7월에 가지 끝에 짙은 향기를 풍기는 흰색 꽃이 피며 꽃잎은 특이하게 여섯 갈래로 갈라진다. 강희안의 『양화소록』에 "눈〔雪花〕이 여섯 모로 되어 있고 돌도 여섯 모인 것과 같이 음기가 엉겨 이루어진 것은 모두 여섯으로 된 것을 보면, 이 꽃 또한 음기가 모여 이루어졌으므로 꽃잎이 여섯 장이고 건조한 것과 따뜻한 것을 몹시 싫어하는 성질을 갖게 된 모양이다."라고 하였다. 열매는 노란 식용 색소로 쓰고 불면증과 황달 등의 치료제로도 사용한다.

봄과 헤어지고 여름을 만나네

플로렌스 크레인, 〈치자꽃〉(『머나먼 한국의 야생화와 이야기』).

## 치자꽃 　　　　　　　　　　　　　　　　　　　　　栀子花

담복이 어느 해에 옛 가지를 떠났기에　　　　　　　薝蔔何年辭故枝

다른 정원에 옮겨 와서도 그대로 싱그러운가?　　　　移來別院故依依

꽃이 여섯 잎으로 나오니 흔치 않은 품종이고　　　　花開六出無多種

잎이 천 층으로 겹치니 또 한결 기이하네.　　　　　　葉鬪千層又一奇

향기로운 냄새는 선승의 콧속에 미각을 실컷 풍기고　　香鼻飽參禪老味

아름다운 명성은 두릉의 시에 모두 들어가 있네.　　　芳名都入杜陵詩

완상하려는 마음이 참으로 봄바람과 어긋나        賞心正與東風隔

맺은 열매가 막 터지는 시기에 보러 왔구나.      看到初開結子時

— 서거정, 『사가시집』 권4

이 시는 〈영물詠物〉 43수 중 하나로서 치자나무의 잎과 꽃, 그리고 꽃향기를 읊은 것이다. 치자나무가 언제 이곳으로 옮겨 심었는지 모르지만 이미 무성해진 자태를 자랑하는데, 그 꽃은 흔치 않은 여섯 잎짜리인 데다 잎은 수많은 층이 겹친 기이한 품종임을 자랑하고 있다. 향기는 짙어서 참선하는 승려의 콧속을 푹 적시기에 충분하고, 아름다운 명성은 두릉 곧 성당 시인 두보의 시에 모두 들어가 있다고 한다. 그런데도 시인은 그 아름다운 꽃을 감상할 기회를 얻지 못하다가 막상 치자를 보러 왔더니 이미 맺힌 치자 열매가 붉은 색깔을 터뜨리는 시절이 되고 말았으므로 꽃을 보지 못한 아쉬움을 드러내고 있다. 치자꽃의 짙은 향기는, 정약용도 〈산속 거처의 잡다한 흥취山居雜興〉를 읊은 시에서 "치자꽃이 피니 흰빛 가지에 가득하고, 뜰 가득한 향기로운 설향雪香이 차 끓이는 향기보다 낫구나.梔子花開白滿枝 一庭香雪勝茶絲"라고 하여 차 향기보다 더 낫다는 점을 인정하였다. 참고로 위의 작품에 언급된 두보의 시 〈치자〉를 소개하면 다음과 같다.

치자는 여러 꽃나무에 비교하면        梔子比衆木

인간 세상에 참으로 흔하지 않네.        人間誠未多

몸에는 색소가 쓰이고                 於身色有用

도에는 향기가 온화함을 해치네.        與道氣傷和

| | |
|---|---|
| 붉은색은 풍상을 겪은 열매에서 취하고 | 紅取風霜實 |
| 푸른색은 비와 이슬 맞은 가지에서 보네. | 靑看雨露柯 |
| 너를 옮겨 심을 뜻이 없음은 | 無情移得汝 |
| 강 물결에 비친 모습이 귀하기 때문이네. | 貴在映江波 |

두보의 〈강가에서 읊은 다섯 가지江頭五詠〉 중 하나인 이 시는 치자 나무의 희소성과 치자 열매에서 나오는 색소의 유용성 및 흰 꽃의 사람에 대한 감화력을 높이 평가하고 있다. 또 붉은색은 갖은 풍상을 겪은 열매에서 나오고, 푸른색은 비와 이슬을 맞은 나뭇가지에서 본다고 한 다음, 이처럼 아름다운 치자나무이지만 사사로이 집으로 옮겨 심고 싶지 않은 까닭은 강 물결에 비친 그 모습이 매우 고귀하기 때문이라고 하여 치자나무의 실용성과 기품을 함께 칭송하고 있다.

성삼문 또한 시 〈치자〉에서, "씨앗은 부드러운 황금인 양 사랑스럽고, 꽃은 향기로운 백옥처럼 어여쁘네. 추운 날씨에도 잎이 남아 있어, 푸른빛으로 눈과 서리를 견디네.子愛黃金嫩 花憐白玉香 又有歲寒葉 靑靑耐雪霜"라며 치자의 씨앗과 꽃향기 그리고 겨울에도 늘 푸른빛을 간직하는 잎을 강조하였다.

한편 치자 열매는 색소로 활용되었으므로 그 측면에 주목한 작품도 있다.

## 장흥부에서 치자를 감상하다 　　　　長興府賞梔子

| | |
|---|---|
| 치자가 명품은 아니지만 | 梔子非名品 |

---

◀ 전傳 이영윤, 〈화조도〉 중 '치자꽃', 국립중앙박물관.

| | |
|---|---|
| 오히려 겨울 추위를 우습게 아네. | 猶能傲歲寒 |
| 가지마다 이전의 푸른빛 무성하고 | 枝枝森宿翠 |
| 열매마다 신선의 단약처럼 빛나네. | 顆顆粲神丹 |
| 청루의 미녀에게 기증함 직하고 | 擬贈靑樓女 |
| 백옥 쟁반에 담을 만하네. | 堪盛白玉盤 |
| 사군은 참으로 일 벌이기 좋아하여 | 使君眞好事 |
| 나에게 백설 속에서 구경하라 하네. | 要我雪中看 |

— 김종직, 『점필재집』 시집 권22

이 시는 전라도 남쪽의 장흥에서 정월 초7일에 늘 푸른색을 자랑하는 잎과 매달려 익은 치자 열매를 보고 쓴 작품이다. 비록 꽃이 피는 절기는 아니지만, 마치 세한삼우歲寒三友(소나무와 대나무와 매화)처럼 추위를 아랑곳하지 않고 푸른색을 간직한 잎과 신단神丹처럼 빛나는 열매를 본 감상을 표현하고 있다. 특히 붉은 열매는 청루의 미녀에게 선물할 만한 데다 백옥 쟁반에 담고 싶은 소담한 느낌도 든다는 것이다. 마지막 연에는 날씨가 차가운 정초에 이처럼 멋진 모습을 감상하게 해 준 장흥부사에게 감사하는 마음을 은근히 담아내고 있다. 🖾

## 강희안, 〈치자화〉

치자에는 네 가지 아름다움이 있다. 꽃 색깔이 희고 윤택한 것이 첫째이고, 꽃향기가 맑고 부드러운 것이 둘째이며, 겨울이 되어도 잎이 시들지 않는 것이 셋째이고, 열매로 노란색 물을 들이는 것이 넷째이다. 이 꽃은 꽃 중에서 가장 귀한 것인데 키우는 사람이 그 방법을 제대로 알지 못하여 흔히 죽게 만든다.

내가 보건대 눈꽃〔雪花〕이 육각형이고, 태음현정석太陰玄精石(수정 따위의 돌) 또한 여섯 모가 나 있는 것처럼 음의 기운이 모인 것은 모두 여섯 수〔六數〕이다. 이 꽃도 음기가 모여 이루어진 것이기 때문에 꽃잎이 여섯 장이고 건조하고 더운 것을 몹시 싫어한다. 갈무리할 때 너무 덥게 하면 가지나 잎이 누렇게 시들고 꽃이 피지 않는다. 그렇다고 얼게 해서도 안 되니 모든 꽃 중에서 갈무리하기가 가장 어렵다. 너무 마르지 않게 물을 주고 너무 햇볕을 쬐지 않게 하는 것은 햇볕을 싫어하기 때문이다. 잘 재배하면 열매를 맺게 할 수 있지만 중국에서 나는 것에는 미칠 수 없다.

— 『양화소록』

# 석류꽃

홀로 붉게 반짝이네
초록빛 속에

석류꽃은 이란이 원산지인 석류나무에서 5월 말에서 6월경에 피는 꽃이다. 석류나무는 따뜻한 곳을 좋아하여 남부지방에서 잘 번식하며, 5미터 정도까지 자란다. 꽃은 대부분 주홍색이고 가지 끝에 한 송이에서 다섯 송이까지 핀다. 수많은 씨앗을 품은 열매는 새콤달콤하면서 독특한 맛이 있다. 한나라 때 장건張騫이 안석국安石國, 즉 이란에 사신으로 갔다가 들여온 것이라 하여 '안석류'라고 한 데서 '석류'라는 이름이 유래했다.

**석류꽃**                               榴花

한 줄기 향기로운 바람 오월에 불어오니       一縷香風五月吹
그림처럼 아름다운 자태 연못에 비치네.       芳姿如畫暎方池

플로렌스 크레인, 〈석류꽃〉(『머나먼 한국의 야생화와 이야기』).

| | |
|---|---|
| 수면에 붉은빛 더해지니 새 단장 빛나고 | 紅添鏡面新粧耀 |
| 문방에 광채 일렁이니 빼어난 자태 기이하네. | 光動文房絶艶奇 |
| 누가 이 꽃을 학궁 가까이 옮겨 심어 | 誰使此花移近學 |
| 시인으로 하여금 좋은 시를 짓게 하는가? | 更敎騷客助工詩 |
| 활짝 핀 꽃송이가 술동이 앞에서 웃는 듯하니 | 繁英似向尊前笑 |
| 시 읊는 흥취는 본디 조물주만 알겠지. | 吟興元來造物知 |

— 노인, 『금계일기』, 「선조 32년 5월 28일」

봄과 헤어지고 여름을 만나네

노인魯認은 율곡 이이 문하에서 수학했으며 진사에 급제하여 벼슬하다가 임진왜란과 정유재란 때 의병으로 활동한 인물이다. 정유재란 때 남원에서 왜병과 싸우던 중 적의 포로가 되어 일본에 끌려갔다가 탈출, 명나라를 거쳐 조선으로 돌아왔다. 위 시는 그가 명나라 복건성에 머물 때 지은 것이다.

그곳에서 노인은 어느 날 황대진이라는 사람의 집 담장에 핀 석류꽃을 보고 그와 석류꽃에 대해 필담을 길게 나누었다. 황대진의 말에 따르면, 석류는 강남에서만 나기 때문에 양자강 북쪽으로 가져가면 그 값이 귤의 곱절이나 되어 남쪽 사람들이 많이 심는다고 하였다. 노인이 황대진과의 이별을 기념하여 지은 것이 위의 시다. 연못에 비친 붉은 석류꽃이 마치 거울을 보고 단장하는 여인과 같다고 하고, 붉은 꽃이 비치는 물그림자가 문방에까지 너울거리는 광경을 황홀하게 묘사하고 있다. 초여름, 짧게나마 사귀어 정든 황대진과의 이별을 앞두고 두 사람은 술잔을 기울이며 석류꽃을 두고 긴 이야기를 나눈 끝에 석류꽃으로 시를 지어 서로 선물하였다.

석류꽃은 다른 봄꽃들이 다 지고 나서 핀다. 그래서 다산 정약용도 석류꽃을 두고 지은 시에서 "온갖 꽃들 다 지고 비로소 피기 시작하네.群芳衰歇始應開"라 하였다. 다산은 여러 꽃나무 가운데 석류를 특히 좋아하였는데, 자신의 서울 집에 다양한 종류의 석류나무를 일곱 그루나 심었다고 한다.

세상이 온통 초록으로 짙어질 때 진홍색 꽃이 망울을 터뜨리면 단연 눈에 띄게 마련이다. 송나라 시인 왕안석王安石도 석류꽃의 이러한 모습에 착안하여 "온통 푸른 잎사귀 중에서 붉은 점 하나, 사람 마

남계우, 『화조화첩』 중 '석류꽃과 석류', 국립중앙박물관.

음 들뜨게 하는 봄빛은 굳이 많을 필요도 없지.萬綠叢中紅一點 動人春色不須多"라 읊었다. 여기서 유래한 것이 남자들 사이에 끼어 있는 한 사람의 여자를 가리키는 말 '홍일점'이다. 석류꽃은 초여름 초록 세상에서 그야말로 홍일점으로 핀다. 초록 속에서 유난히 눈에 잘 띄는 주홍색이라 이용휴는 친구 집을 찾아가면서 다음과 같은 시를 지었다.

### 산집을 방문하다                                              訪山家

소나무 숲 지나니 길이 세 갈래라                    松林穿盡路三丫
언덕 가에 말 세우고 이씨 집을 물어보네.           立馬坡邊訪李家
농부가 호미로 동북쪽 가리키는데                    田父擧鋤東北指
까치집 지은 마을 안에 석류꽃이 드러나네.          鵲巢村裏露榴花

— 이용휴, 『청장관전서』 권35 (이덕무)


친구의 집을 찾아가다가 세 갈래 길이 나와 말을 세우고 마침 곁에 있던 농부에게 길을 묻는다. 농부가 호미로 가리키는 곳을 보니 멀리 마을 안쪽의 석류꽃이 눈에 들어온다. 그 꽃이 핀 집이 친구의 집인지 아닌지는 모르지만 석류꽃이 멀리서부터 시인의 눈과 마음을 끌고 있다는 것이다.

석류꽃을 두고 읊은 시 가운데 비교적 이른 시기부터 인구에 회자된 작품이 바로 한유의 다음 시다.

---

작자 미상, 〈화조도〉 8폭 중 '석류꽃과 석류', 국립민속박물관. ▶

## 장심일이 머무는 여관을 두고 짓다(제1수)　　題張十一旅舍

| | |
|---|---|
| 오월의 석류꽃 눈부시게 비치는데 | 五月榴花照眼明 |
| 가지 사이로 때마침 처음 맺힌 열매 보이네. | 枝間時見子初成 |
| 가련하다, 이곳엔 거마도 없거늘 | 可憐此地無車馬 |
| 푸른 이끼 위로 붉은 꽃들 거꾸로 떨어지네. | 顚倒靑苔落絳英 |

― 한유,『전당시』

　지나다니는 사람도 없는데 어째서 그리도 곱게 피었다가 이끼 위로 지는가, 시인은 외진 곳에 홀로 피었다 지는 석류꽃을 부질없고 안타깝다고 하고 있다. 우리나라의 수많은 시인이 위 시의 첫째 구절을 차용하여 석류꽃을 읊었다. 음력 5월을 석류꽃 피는 달을 뜻하는 '유화월榴花月'이라고도 하는데, 이는 위 시의 첫째 구절 "오월의 석류꽃五月榴花"에서 유래한 것이다.

　석류 열매는 조선 시대에 귀한 과일이었다. 한석봉이 궁궐에서 유자와 함께 하사받은 과일이 석류였고, 중국에 사행원으로 간 이들에게 황제가 내려 주던 과일도 석류였다. 석류는 안에 수많은 씨앗이 있어 풍요나 다산多産을 뜻하는 과일로 여겼다. 많은 시인이 석류꽃을 보며 시를 읊었지만 간혹 석류 열매를 두고 시를 지은 이도 있다. 율곡 이이는 "은행은 껍질 속에 푸른 구슬 품고 있고, 석류는 껍질 속에 붉은 구슬 부서져 있네.銀杏殼含團碧玉 石榴皮裏碎紅珠"라 하였다. 이렇게 옛사람들은 석류 씨앗을 흔히 붉은 구슬(홍주紅珠 또는 적주赤珠)이라 불렀다.

조선 후기 학자 윤증이 아들 행교行敎에게 보낸 편지에는 석류에 얽힌 민망한 이야기가 전한다. 행교가 아버지의 친구 나양좌에게 석류를 선물로 보냈는데, 나양좌가 받아 열어 보니 익지 않아서 씨가 모두 허옜다. 지금보다 훨씬 귀한 과일이었기 때문에 익은 것과 안 익은 것을 구분하는 게 쉽지 않았을 것이다. 이 사실을 알게 된 아버지 윤증은 편지에서 '남에게 보내는 물건이 좋지 않으면 성의가 없는 것이니 차라리 보내지 않느니만 못하다'며 아들을 나무랐다.

뭇꽃이 시드는 초여름 초록 속에서 유난히 눈에 띄는 붉은 꽃, 귀한 선물로 주고받던 열매, 석류는 이렇게 오래전부터 꽃이나 열매 모두 사람들에게 극진한 사랑을 받아 왔다. ▣

# 접시꽃

한 가지 마음 오로지 해를 따르는

접시꽃은 6월 초여름에 피기 시작한다. 화단에서만 피는 것이 아니라 마을 어귀, 길가 또는 담벼락과 장독대 아래 등 장소를 가리지 않고 잘 자란다. 한번 심으면 저절로 여기저기 번식해서 시골길 곳곳에서 발견할 수 있는 대표적인 여름꽃이다. 높이가 2미터가 넘는 긴 줄기에 큰 꽃잎이 접시처럼 활짝 벌어진 모양으로 붉은색·분홍색·흰색·자홍색 등 다양한 색깔의 꽃이 9월에 이르기까지 여름 내내 줄기 가득 쉴 새 없이 피고 진다.

**규화**                                                      **葵花**

붉은 꽃 만발할 때 흰 꽃 반쯤 피는데                    紅爛開時白半開
쟁반보다 크기도 술잔보다 작기도.                       大於盤面小於杯

해를 향한 간절함 어여쁘니  
평범한 꽃들과는 그 자질이 다르네.

憐渠本有傾陽懇  
浪蘂浮花不是才

— 서거정, 『사가집』 권28

접시꽃은 태양을 따라다니며 핀다. 이에 접시꽃의 한자 이름인 '규화葵花'에서 따온 '규심葵心'이라는 말은 곧 '신하가 임금을 그리워하는 마음이 마치 해를 따라다니는 규화와 같다'고 하여 '충심忠心'을 상징한다. 이 작품에서도 접시꽃이 해를 따라가며 피는 모습을 칭송하면서 그 재질이 평범한 꽃들과는 전혀 다르다고 하는 것은 바로 임금을 향한 충성심을 말한다.

접시꽃의 이러한 속성 때문인지 전혀 다른 꽃인 해바라기 또한 그 한자 이름이 '황촉규黃蜀葵'로 '촉규화'와 비슷하다. 규와 촉규, 황촉규에 대해서는 일찍이 이옥이 다음과 같이 구분하였다.

## 촉규화설蜀葵花說

'규'는 나물이다. 잎은 국을 끓여 먹기에 좋고, 꽃은 희고 가는 마디로 되어 있는데, 잎 사이에서 마디가 생겨난다. '촉규'는 꽃이다. 잎이 규와 조금 다르고 박과 약간 비슷하며, 꽃은 규보다 큰데 붉은색·흰색·담홍색이고, 단엽인 것도 있고 천엽千葉인 것도 있다. '황촉규(해바라기)' 또한 꽃이다. 잎이 뾰족하게 좁고 톱니처럼 생겨 '규'나 '촉규'와는 다르다. 꽃 또한 다른데 색이 흐린 황색이며, 모양은 국화와 비슷하지만 크기가 더 커서 모란보다 큰 것도 있다. 줄기는 높이 자라 대체로 사람 키보다 한 자 남짓 높은데, 그 꼭대기에서 꽃이 핀다. 한 줄기에 꽃 한 송이가 피며 목이 빼어 나와 고깔처럼 되어 있다. 시간에 따라 기우는데, 아침이면 동쪽으로 기울고 저녁이면 서쪽으로 기울며, 해가 정오가 되면 바로 선다. 대개 꽃이 해를 사모하여 한쪽으로 치우쳐 따르는 것이다. 그러므로 옛사람이 "규는 별을 향해 기운다."고 한 것은 곧 황촉규를 말한다.

— 이옥, 『이옥전집』

이렇게 촉규화(접시꽃)와 황촉규(해바라기)는 전혀 다른 꽃이다. 그러나 두 꽃 모두 태양을 따라다니며 피는 속성을 지녔기에, 옛사람들은 접시꽃을 노래할 때도 태양을 따라다니는 충심을 강조하곤 하였다.

이를테면, 목은 이색은 〈촉규가〉(『목은시고』권3)에서 "작은 담장 그늘에서 헛되이 늙더라도, 절로 마음 기울여 끝내 태양을 향하리.雖然虛老小牆陰 自是傾心向暘谷"라고 하였고, 이수광 또한 〈객관 옛터에 규화가 활짝 피다客館舊基有葵花正開〉(『지봉집』권12)에서 "가시덤불 곁에 풍기는 한 떨기 꽃향기, 먼 변방에 고운 자태 어여쁘구나. 뭇 화초와 같고자 아니 하여, 태양 향한 일편단심 늘 품고 있네.荊棘叢邊一朶香 可憐孤艶在遐荒 雖然未肯同凡卉 猶有丹心向大陽"라며 접시꽃의 태양을 좇는 습성을 충성심으로 표현하고 있다.

한편 접시꽃은 여름내 가득 피어 있다. 그런데 그 꽃들은 사실 한 꽃이 계속 피어 있는 것이 아니라, 한 송이 한 송이는 짧게 피었다가 금방 떨어지지만 하나가 떨어진 뒤 곧장 뒤이어 다른 꽃이 피기에 긴 여름 내내 꽃이 떨어지지 않고 피는 것처럼 보인다. 이에 대해 당나라 시인 잠삼岑參은 〈촉규화가〉에서 "어제 한 송이 피었고, 오늘 한 송

작자 미상, 〈자수 화조화〉 8폭 중 '접시꽃', 국립중앙박물관. ▶

이 또 피었네. 오늘 꽃 정말 좋으나, 어제 꽃 이미 시들었네.昨日一花
開 今日一花開 今日花正好 昨日花已老"라고 노래하기도 하였다.

사실 우리에게 더욱 익숙한 접시꽃의 이미지는 길가 아무 곳에 피
어나 사람들의 시선을 제대로 받지 못하는 한스러운 모습이기도 하
다. 신라 문인 최치원의 작품에서 그 일단을 살필 수 있다.


| 접시꽃 | 蜀葵花 |
|---|---|
| 적막하고 황폐한 묵정밭 옆에 | 寂寞荒田側 |
| 흐드러지게 핀 꽃이 여린 가지 누르네. | 繁花壓柔枝 |
| 장마 그칠 무렵이라 향기 옅어지고 | 香經梅雨歇 |
| 보리바람 맞아 그림자 흔들리네. | 影帶麥風欹 |
| 수레 타고 말 탄 이 누가 봐 줄까? | 車馬誰見賞 |
| 벌 나비만 부질없이 엿볼 뿐이네. | 蜂蝶徒相窺 |
| 천한 곳에 태어남 스스로 부끄러워 | 自慙生地賤 |
| 버림받는 그 한을 참고 견디네. | 堪恨人棄遺 |

— 최치원, 『고운집』 권1


뛰어난 재주를 지녔음에도 신라에서는 6두품이요 당나라에서는 외
국인이라는 태생적 한계로 인해 그 뜻을 제대로 펼치지 못해서일까.
최치원의 작품들에는 앞서 봄꽃인 '진달래꽃'을 읊은 시에서도 그랬
지만, 이렇게 버려지고 소외된 대상에 대한 관심이 자주 보인다.

정작 접시꽃은 수레 타고 말 탄 이의 시선보다는 벌과 나비의 관심

을 더욱 반가워하고, 답답한 화분이나 좁은 정원 안보다 넓은 들판에서 비바람 맞으며 피는 것을 더욱 좋아할 것 같은데, 그 모습이 최치원에게는 천한 곳에 피어 사람들에게 버림받아 불쌍해 보이기만 한 것인가. 진정 불쌍한 이는 접시꽃이 아니라 그리 바라보는 자신임을 아마도 그가 가장 절절하게 느끼고 있으리라. 🔝

## 서유구, 〈접시꽃 시전지 만드는 법造葵箋法〉

5~6월에 접시꽃 이파리를 이슬과 합하여 딴 다음 흐물흐물하게 찧어 즙을 낸다. 그러고는 어린 백록지白鹿紙 가운데 튼튼하고 두꺼운 것을 층층이 접시꽃즙에 넣은 뒤, 운모(고운 가루)·명반(아주 조금)을 약간 넣어 고루 섞고, 큰 동이에 담는다. 여기에 종이를 넣고 염색한 다음 걸어 놓고 말린다. 간혹 이 종이를 문질러 꽃무늬를 만들기도 하고, 무늬 없이 쓰기도 한다. 종이 색은 녹색을 띠어 사람들이 좋아하며, 접시꽃이 해를 향하는 것처럼 은자가 해를 향하려 하는 은미한 뜻까지 품고 있다. (『쾌설당만록快雪堂漫錄』)

— 『임원경제지』, 「이운지」 권4, 「조제색전법造諸色箋法」

「조제색전법」은 오색 종이를 만드는 방법을 설명한 것으로 육홍전肉紅箋(살색)·분청전粉靑箋(옅은 청색)·규전葵箋(해바라기 빛깔)·송화전松花箋(솔꽃색)·천운전淺雲箋(옅은 구름색)의 염색 방식을 자세히 적고 있다.

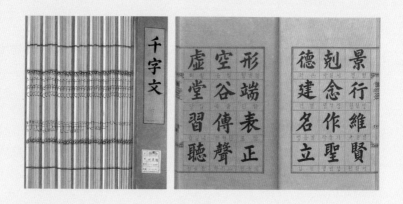

조선 왕실의 돌잡이용 색지 『천자문』, 한국학중앙연구원 장서각.

# 여뀌꽃

거친 들판에 붉은 점들 흐드러졌네

여뀌는 마디풀과에 속하는 한해살이풀로 40~80센티미터 높이로 자란다. 북반구 온대 및 아열대 지역의 냇가와 습지에 주로 서식하고 우리나라에서는 전국 각지에 산재한다. 꽃은 5~9월 사이에 연한 녹색이나 붉은색으로 핀다. 어린순을 나물로 먹거나 한방에서 해열제·해독제·지혈제·이뇨제로 사용하기도 하며, 매운맛이 있는 잎은 향신료로 쓴다. 예전에는 잎과 줄기를 짓이겨 물에 풀어서 물고기를 잡는 미끼로 삼기도 하였다.

## 붉은 여뀌 　　　　　　　　　　　　　　　紅蓼

뜰 앞에 두어 포기 여뀌가 떨기를 이루어　　　庭前叢蓼兩三株
비 맞은 잎 바람에 날리는 꽃 모두 그림 같구나.　雨葉風花摠可圖

싸늘한 꽃술 거꾸로 매달려 붉은빛 방울지고      寒蕊倒垂紅欲滴

무성한 가지 옆으로 누워 초록색 서로 받치네.      繁枝偃亞綠相扶

아득한 삼상의 물가에서 일찍이 피고      曾開渺渺三湘水

쓸쓸히 양쪽 언덕의 갈대에 한가로이 비치었다네.      閑映蕭蕭兩岸蘆

종일 드러누워 보니 맑은 흥취 있어      盡日臥看淸興在

도리어 안개 낀 물가에 짝하여 자는 오리인 듯.      還如煙渚伴眠鳧

— 김시습, 『매월당시집』권5, 「화초」

이 시는 뜰 앞에 핀 붉은 여뀌꽃을 보고 지은 것으로, 다듬어지지 않은 야생적 면모에 초점을 맞추고 있다. 먼저 뜰에 난 두어 포기 여 뀌가 떨기를 이루어 꽃을 피우니 비바람 속에 잎과 꽃이 그림처럼 아름다움을 지적한 뒤, 함련에서는 거꾸로 매달린 붉은 꽃술과 옆으로 드러누운 초록빛 가지를 제시하고 있다. 경련에서는 이 꽃이 춘추 시대에 초나라의 굴원이 투신하여 죽은 중국 호남성의 삼상, 곧 상향湘鄕·상담湘潭·상음湘陰에서 피었을 뿐 아니라 쓸쓸히 양쪽 언덕의 갈대 사이에서 한가로이 비치었을 것이라고 한 다음, 미련에서는 종일 드러누워 이 여뀌꽃을 바라보니 맑은 흥취가 있어 시인 자신이 마치 안개 낀 물가에서 함께 어울려 자는 오리처럼 느껴지는 정취를 표현하고 있다.

이처럼 여뀌꽃은 사람들 손으로 잘 가꾸어지지 않고 거친 자연 속에서 풍파에 시달리며 자라는 야생성을 그대로 지니고 있다. 그래서 서거정은 〈여뀌꽃蓼花〉에서 "우리 집의 못과 뜰은 흡사 모래톱 같은데, 꽃을 헤치고 오는 고깃배가 없음을 한탄하네.池院吾家似洲渚 恨無漁艇

拂花來"라고 한 바 있고, 배용길은 〈여뀌를 심고 나서 사람에게 답하다
種蓼答人〉라는 시에서 "난초와 국화도 좋기는 하지만, 강촌인 것 같아
서 사랑한다네.非無蘭菊好 爲愛似江村 "라고 하였다.

## 늦가을에 붉은 여뀌를 발견하다 　　　　　　　　季秋見紅蓼

한 줄기 붉은 여뀌 서쪽 담장에 삐죽한데　　　　一枝紅蓼出西墻
또렷한 모습에 늦은 향기 품고 있네.　　　　　　顔色分明帶晚香
본디 화초가 얼마나 많은지 알거니와　　　　　　由來花草知多少
몇 종류나 서리 견디는 노란 국화와 다툴 만한가?　幾箇凌霜鬪菊黃

　　　　　　　　　　　　　　　　　　— 김유, 『검재집』 권2

이 시는 늦가을에 붉게 핀 여뀌를 발견하고 그 감상을 표현한 작품
이다. 그 초점은 거의 모든 꽃이 시들어 버린 추운 늦가을까지 국화와
다툴 만큼 그 자태를 자랑하고 있다는 데 맞추어져 있다. 국화는 일찍
부터 시인들로부터 오상고절傲霜孤節의 절개를 지닌 꽃으로 찬양받
았는데, 거친 들판의 보잘것없는 야생화이지만 붉은빛을 내뿜는 여
뀌가 바로 그러한 절조를 지녔음을 칭송하고 있다.

## 마란화 　　　　　　　　　　　　　　　　　馬蘭花

담장 서쪽의 빈터에는　　　　　　　　　　　墻西閒隙地
겨우 반 묘의 땅이 열려 있네.　　　　　　　　纔是開半畝

| | |
|---|---|
| 그 가운데 여뀌꽃이 있어 | 中有馬蘭花 |
| 가을바람에 자못 오래 견디네. | 秋風頗耐久 |
| 은근히 피폐한 집 주변에서 | 慇懃弊屋邊 |
| 해마다 서로 지켜 주는 듯하네. | 年年如相守 |
| 이것은 희귀한 물건이 아닌데 | 此是非稀品 |
| 그래서 나의 소유가 될 수 있네. | 所以爲吾有 |
| 강가 마을의 풍색 지니고 있어 | 帶得江村色 |
| 그윽하고 맑음을 내가 취하는 바네. | 幽淡吾所取 |
| 차가운 향기 서적에 스며들고 | 冷香侵書帙 |
| 붉은 이삭 지게문과 창을 흔드네. | 紫穗拂戶牖 |
| 마주하여 해 저무는 줄 모르니 | 對之忘日夕 |
| 사람들 응당 그 뒤에서 웃으리. | 人應笑其後 |

— 박윤묵, 『존재집』 권19

이 시는 거처하는 집 옆 공터에 난 여뀌꽃을 바라보며 읊은 작품으로 그 수수하고 다듬어지지 않은 모습을 시인 자신과 동일시하는 태도를 보이고 있다. 박윤묵은 내각의 서리를 지낸 중인 출신으로 서울에서 활동한 위항시인의 한 사람이다. 그는 누구의 보살핌도 받지 않고 자라는 여뀌꽃이 중인인 자신의 처지와 다르지 않다는 생각을 담고 있다. 제목에 "속칭 여뀌꽃〔蓼花〕"이라는 주석이 붙어 있다.

이 시의 내용을 요약하면 다음과 같다. 시인은 담장 서쪽 빈터에 있는 반 묘(15평 정도)의 공간에 돋아난 여뀌가 가을바람에 흔들리면서 피폐한 집과 어울려 서로를 지켜 주는 듯한 느낌을 표현한 뒤, 이 여

◀ 정선, 〈여뀌와 개구리〉, 국립중앙박물관.

꾀꽃은 흔히 볼 수 있는 것으로 희귀한 존재가 아니기 때문에 자기가 소유하게 되었다는 뜻을 담았다. 양반 계급에 천대당하는 자기의 처지를 냇가와 습지에 흔히 자라는 여뀌꽃과 동일시하는 자세를 보이고 있다. 그 결과 시인이 강가 마을의 풍색을 지닌 이 꽃의 그윽하고 맑음을 차지하게 됨으로써 차가운 향기는 서적에 스미고 붉은 이삭은 지게문과 창을 흔든다고 하였다. 시인은 이 꽃을 마주하여 해 저무는 줄 모르는데 그 내막을 제대로 알지 못하는 남들은 이 모습을 보고 뒤에서 웃지 않을까 싶다는 의구심을 드러내었다. 야생에서 아무런 관심과 보호를 받지 않아도 꿋꿋하게 생장하여 가을이면 붉은 꽃을 피우는 여뀌의 굴하지 않는 기상과 소박한 모습을 자신에게 투영하고 있는 것이다.

이처럼 여뀌꽃의 생장 환경은 인공이 가해지지 않은 습지이고 꽃자체가 화훼를 즐기는 사람들의 애호를 받지 못한 까닭에, 이 꽃을 사랑하는 사람들의 관점은 이 꽃에서 자연 속 강가나 호숫가의 한가로운 정취를 느끼게 된다는 점이다. 그래서 이상적은 시 〈붉은 여뀌꽃 紅蓼花〉에서 "푸른 갈대는 쓸쓸하고 흰 마름 처량한데, 홀로 연지 빛깔로 석양에 아양 떠네. 난간 한 굽이에 가을 생각이 아득하니, 빗줄기와 조각난 바람에 강가 마을인 듯하네. 碧蘆蕭瑟白蘋涼 獨占鉛華媚夕陽 一曲蘭干秋思遠 雨絲風片似江鄕"라고 읊었고, 이유원도 〈붉은 여뀌 紅蓼〉에서 "가을날 연못에 비 내리더니, 밤 깊도록 하얀 이슬 가볍네. 강호에 내가 가지는 못하지만, 붉은 여뀌가 한가로운 정취를 돕네. 秋日池塘雨 夜深玉露輕 江湖身不到 紅蓼助閒情"라고 하였다.

그러나 여뀌꽃에 대한 옛사람의 평가가 긍정적인 것만은 아니었

---

◀ 전傳 신사임당, 〈초충도〉 8폭 중 '여뀌꽃', 국립중앙박물관.

다. 여뀌는 아무도 돌보지 않아도 자라는 잡초의 하나라는 부정적인 평가를 받기도 하고, 그 때문에 군자의 덕을 해치는 소인에 비유되기도 하였다. 그 대표적인 글이 성현의 〈뜰에 난 여뀌 이야기庭蓼說〉이다. 그는 "예로부터 지금까지 군자가 항상 소인에게 지지 않은 적이 없고 소인은 뜻을 얻어 조정의 여러 관직을 차지하고 있어서, 임금이 소인의 술책에 떨어지는 경우가 많은데도 혼미하여 깨닫지 못하였다."고 하며 여뀌로 대표되는 잡초, 특히 해초의 해악을 조정에서 실권을 장악하여 임금을 나쁜 길로 이끄는 소인배의 그것에 비유하였다. 🔯

## 성현, 〈뜰에 난 여뀌 이야기庭蓼說〉

나쁜 채소 중에 여뀌만 한 것이 없는데 그 맛이 쓰고 맵다. 장에 담가 두거나 비릿한 생선에 섞어 놓은 뒤에야 먹을 수 있지만, 그러지 않을 경우에는 입을 쏘아 얼얼하게 하고 혀를 갈라지게 할 정도로 독해서 장과 위를 해치는 것이 적지 않다.

우리 집 북쪽 창문 아래 작은 뜰이 있다. 뜰에 감국甘菊을 심어 두었는데 곁에 여뀌 몇 떨기가 있어 국화와 함께 자랐다. 몇 년이 지나지 않아 여뀌가 수북이 자라 마구 뒤엉켜서 뜰 가득히 여뀌의 푸른빛으로 차고 국화는 차츰 잠식당하여 모두 사라지고 말았다.

아, 재능이 있는 사람과 재능이 없는 사람의 모습 역시 이와 같다. 대체로 어진 인재는 조정에 있으면 임금의 지우를 받는 경우도 적고 마음이 합치되기도 드물어 고립무원의 상태로 있다가, 한번 그 뜻을 얻지 못하게 되면 기미를 보고 일어나서 은거하기 위해 고상하게 멀리 떠나가니, 이러한 인재는 기르기도 쉽지 않고 조정에 머물게 하기도 매우 어렵다. 재목감이 되지 못하는 사람은 그렇지 않으니, 남에게 영합하고 세상에 구차하게 아부하거나 오만하게 날뛰며 속임수를 부리고 살육을 자행하며 교묘하게 일을 꾸며 내 참소하여 착한 사람들을 해치니 이 사악한 무리는 번성을 한다.

예로부터 지금까지 군자는 소인에게 지지 않은 적이 없고 소인은 뜻을 얻어 조정의 여러 관직을 차지하고 있어서, 임금이 소인의 술책에 떨어지는 경우가 많은데도 혼미하여 깨닫지 못한다. (중략)

슬프다. 사물을 접촉해 보면 사람의 일을 알 수 있고 이치를 궁구해 보면 본성을 다하게 할 수 있다. 그래서 뜰에 난 여뀌의 이야기를 짓는다.

—『허백당문집』 권12

여름
한가운데서

# 봉선화

## 여인의 손톱에 깃든 봉황

봉선화는 순우리말로 '봉숭아'라고도 한다. 6월 말에 피기 시작하여 서리가 내릴 때까지 핀다. 꽃이 핀 자리에 씨앗이 떨어져 해마다 같은 장소에 피는데, 예로부터 화단이나 담벼락 아래서 흔히 볼 수 있는 꽃이었다. 『군방보群芳譜』에 따르면 "줄기와 가지 사이에 꽃이 피어 머리와 날개, 꼬리와 발이 모두 우뚝하게 일어선 봉황의 형상을 닮아서 봉선화라는 이름이 생겼다."고 하였다. 그 외에도 금봉화金鳳花·소도홍小桃紅 등 많은 이름으로 불렸다. 그 꽃잎으로 손톱에 물을 들인다고 해서 '염지갑화染指甲花'라고 하거나, 규중 여인들의 벗이라고 하여 '규중화閨中花'라고도 한다.

## 금성의 봉상화를 읊다　　　　　　　　　詠金城鳳翔花

오색구름 사이 날던 자줏빛 봉황 깃털　　　　五色雲間紫鳳翎
어느 바람 타고 찬 뜰에 떨어졌는가?　　　　隨風何日落寒庭
다시는 천 길 위로 높이 날지 못하고　　　　高飛不復翔千仞
가을바람에 한 송이 꽃향기로 남았네.　　　　留作西風一種馨
　　　　　　　　　　　　　　　　　　— 성현,『허백당집』권11

　'봉상화'는 봉선화의 또 다른 이름으로 꽃 모양이 봉황을 닮았다 하여 붙인 것이다. 그 이름처럼 성현의 이 작품에서는 구름 사이를 떠돌던 봉황이 땅에 떨어져 높은 하늘로 다시 오르지 못하고 꽃으로 피어났다는 내용을 담고 있다.
　상서로운 새인 봉황을 닮았다고 하지만 사실 봉선화는 규중 여인들에게 매우 친근한 꽃이었다. 이유원의 『임하필기』(권33, 「화동옥삼편華東玉糝編」)에서는 봉선화로 손톱을 물들이는 일을 자세히 소개하고 있다.

### 봉선화로 손톱을 물들이는 일 金鳳染指

세속에서 봉선화로 손톱에 물을 들이는 것은 송나라 때 시작되었다. 『계신잡지癸辛雜識』에 따르면, "봉선화의 붉은 꽃잎을 찧어서 거기에 명반을 조금 넣어 손톱에 물을 들이는데, 비단 조각으로 동여 밤을 보낸다. 이와 같이 서너 차례 물들이면 그 색이 진홍이어서 씻어도 지워지지 않고, 손톱이 자라나

강세황, 〈봉숭아와 풍뎅이〉(『담채화훼첩』), 개인 소장. ▶

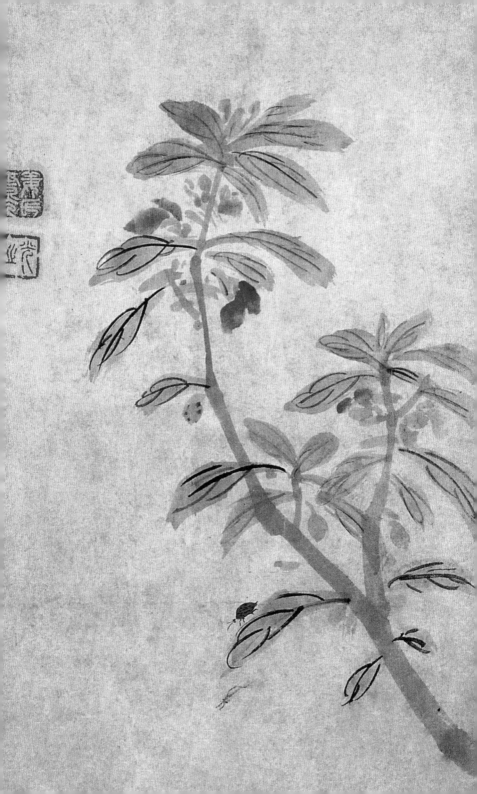

면서 점점 밀려난다. 회회국의 부인들이 대부분 이것을 즐긴다."고 하였다. 그러나 오늘날에는 회회국의 부인들만 하는 풍속이 아니다.

손톱을 물들이는 풍속은 『동국세시기』와 『송천필담』에도 그 기록이 남아 있어 조선 시대에 널리 유행하였음을 알 수 있다. 지금도 여름이면 봉숭아물을 들인 아이들의 붉은 손톱을 쉽사리 찾아볼 수 있다. 일찍이 허난설헌 또한 〈염지봉선화가染指鳳仙花歌〉(『난설헌시집』)라는 작품에서 봉선화로 손톱을 붉게 물들인 여인을 읊었다.

| | |
|---|---|
| 금동이 저녁 이슬 봉선화에 맺히고 | 金盆夕露凝紅房 |
| 예쁜 아씨 열 손가락 곱고도 길다네. | 佳人十指纖纖長 |
| 절구로 꽃잎 찧어 배춧잎으로 싸매고 | 竹碾搗出捲菘葉 |
| 등불 앞에서 쌍귀고리 울리며 조심스레 살펴보네. | 燈前勤護雙鳴璫 |
| 새벽에 잠을 깨어 발을 걷어 올리니 | 粧樓曉起簾初捲 |
| 거울에 비치는 화성의 빛 보이는구나. | 喜看火星地鏡面 |
| 풀잎 뽑을 때면 붉은 범나비 나는 듯하고 | 拾草疑飛紅蛺蝶 |
| 아쟁 탈 때면 복사꽃 놀라 떨어지는 듯하네. | 彈箏驚落桃花片 |
| 분화장 곱게 하고 비단결 머리 손질하면 | 徐勻粉頰整羅鬟 |
| 소상강 대나무에 피눈물이 얼룩진 듯하네. | 湘竹臨江淚血班 |
| 때때로 붓을 잡고 지는 달을 그리노라면 | 時把彩毫描却月 |
| 붉은 꽃비가 봄산을 지나는 듯하구나. | 只疑紅雨過春山 |

이 작품은 꽃잎에 붉게 물든 손톱이 움직이는 모습이 나비 같기도

복사꽃 같기도, 피눈물 같기도 꽃잎 같기도 하다며 기발하고 재기 넘
치는 상상력을 보여 주고 있다.

　유박은 『화암수록』 〈화목구등품제〉에서 봉선화를 '8등'에 넣고, 봉
선화 빛깔은 홍색과 백색, 중간색 등 세 종류가 있다고 하였다. 그런
데 손톱을 물들이는 쓰임 때문에 보통 봉선화라고 하면 붉은색을 떠
올리고 흰 꽃은 상대적으로 등한시되었다. 이에 대해 이옥은 〈흰 봉

신사임당, 〈초충도〉 중 '봉선화와 잠자리', 강릉율곡기념관.

선화에 대한 부白鳳仙賦〉(『이옥전집』)를 지어 그 아름다움과 쓰임을 칭송하였다.

아, 내 보기에 봉선화 너는 쓰임이 많다. 갈아서 가루를 만들어 치마에 그림을 그리고, 술을 빚어 화주향을 만들면 술잔에 담을 만하며, 그 기름은 큰 그릇의 국에 타 쓰고, 그 뿌리는 나쁜 종기를 그치게 할 수 있으니, 한 줄기 한 잎도 버릴 것이 없다. 어리석은 이들이 몰라준다고 하여 너에게 해로울 것이 무엇이 있겠는가.

이렇게 흰 봉선화는 그림의 안료나 술과 음식의 재료, 종기의 치료약 등으로 다양하게 쓰이는, 그야말로 줄기 하나, 잎 하나도 버릴 것 없이 쓸모가 많은 꽃이었다. 홍만선도 『산림경제』 「치포治圃」(권1)에서 "봉선화 씨는 기름을 짜서 음식에 치면 맛이 참기름보다 좋다."며 그 기름의 맛을 소개하였고, 「구급」(권3)에서는 고기 독에 중독되었을 때나 뼈가 목에 걸렸을 때를 위한 구급약으로서의 효능을 다음과 같이 일러 주었다.

### 여러 짐승 고기의 독諸獸肉毒

봉선화의 뿌리·줄기·잎을 즙 내어 먹이거나, 좋은 술을 먹여서 크게 취하게 하면 즉시 풀린다. 또 생산약生産藥을 물에 갈아 먹이면 신효하다.(『경험방』)

플로렌스 크레인, 〈들봉선화〉(『머나먼 한국의 야생화와 이야기』).

## 여러 뼈가 목구멍에 걸렸을 때諸骨鯁在咽

고기나 생선 뼈가 목에 걸렸을 때는 봉선화 씨앗(없으면 뿌리를 사용)을 물에 갈
아 즙을 내어 숟가락으로 떠서 먹인다. 이때 치아에 닿지 않게 먹여야 한다.
만약 이에 닿으면 손상이 있을 것을 경계해서이다.

봉선화는 담벼락이나 울타리 아래 또는 장독대 근처에 많이 심었다. 봉선화의 붉은빛이 본디 악귀나 전염병신의 침입을 물리치는 '벽사辟邪'의 의미를 지녔기 때문이다. 손톱에 봉선화 물을 들이는 것도 원래는 악귀로부터 보호하자는 뜻에서 시작하였다. 이렇게 봉선화는 귀한 화분에서 곱게 자라는 꽃이 아니라 어디를 가든 흔히 볼 수 있던, 우리나라 사람들에게 누이같이 친숙하고 정겨운 꽃이었다.

오늘날 잘 알려진 가곡 중 하나인 〈봉선화〉는 "울 밑에 선 봉선화야, 네 모양이 처량하다 / 길고 긴 날 여름철에, 아름답게 꽃필 적에 / 어여쁘신 아가씨들, 너를 반겨 놀았도다"라는 가사로 시작한다. 이 가사는 작사가 김형준이 살던 집에 봉선화 꽃이 가득한 모습을 떠올리며 지은 것이라고 한다. 이 작품이 나온 1920년은 일제 치하에서 신음하던 시기로 작사가는 어떠한 역경에도 굴하지 않고 꿋꿋이 피어나는 봉선화에서 우리 민족의 애달프면서도 강인한 모습을 발견하였던 것이다. ⬆

# 연꽃

### 명리에 물들지 않는 고결한 군자

연꽃은 여러해살이 수생식물로 전국 각지의 연못이나 강가에서 자란다. 속이 빈 원주형의 잎자루에 달린 잎은 지름 25~50센티미터 정도의 원형으로 물에 잘 젖지 않으며, 꽃대에 한 송이씩 달려서 7~8월에 피는 꽃은 연홍색 또는 흰색이며 꽃잎은 달걀을 뒤집어 놓은 모양이다. 연밥으로 불리는 열매는 벌집 같은 꽃받침 구멍에 타원형으로 검게 익으며 이것을 까서 먹기도 한다. 연꽃은 예로부터 불상의 좌대나 단청을 장식하는 앙련仰蓮 또는 복련覆蓮으로 많이 사용되어 왔으며, 송나라의 주돈이가 〈애련설〉을 쓴 이래로 유학자들은 이 꽃을 군자의 상징으로 여겼다. 꽃과 잎은 차로 이용하기도 하며, 뿌리인 연근은 식재료로 사용한다.

우선 연못을 가득 채운 연꽃의 아름다움을 그린 작품을 보자.

## 숙보 영공의 〈사시도〉 작은 병풍에 짓다　　題叔保令公四時圖小屛

그윽한 지경 나무숲이 남쪽의 화육 알려 주니　　　樹雲幽境報南訛
봄바람이 물화를 휘감아 간다고 말하지 마라.　　　休說東風捲物華
붉은 꽃과 푸른 잎이 천만 가지이니　　　　　　　紅綻綠荷千萬柄
문득 하늘이 보배로운 연꽃비를 내린 것이가 싶네.　却疑天雨寶蓮花

— 박상, 『눌재집』권4

　이 시는 성종의 장인이며 중종의 외조부로서 영돈령부사를 지낸 윤호(자 숙보)가 사계절의 풍광을 그린 병풍에 박상이 부친 것으로, 여름첩〔夏帖〕에 해당하는 작품이다. 여름이 되면 싱그러운 녹음이 남쪽의 화육化育, 곧 여름철의 변화를 알게 하니 봄바람이 아름다운 꽃들을 다 지게 하였다고 말할 필요가 없다는 점을 말한 뒤에, 한꺼번에 못 가득히 꽃망울을 터뜨리는 연꽃의 특징을 실감 나게 포착하고 있다. 붉은 꽃과 푸른 잎이 천 송이 만 줄기로 피어나는 만큼 수많은 꽃이 하늘에서 비처럼 쏟아진 것이 아닌가 싶다는 경이로움을 담고 있다. 이어서 비에 젖은 연꽃의 아름다움에 빠져 비만 오면 연꽃을 보러 찾아간 시인의 작품을 보기로 하자.

## 연꽃을 감상하다　　　　　　　　　　　　　　賞蓮

연꽃을 감상하러 세 번째 삼지에 오니　　　　賞蓮三度到三池
푸른 일산과 붉은 단장이 예와 같네.　　　　　翠盖紅粧似舊時

김홍도, 〈연꽃과 고추잠자리荷畵蜻蜓〉, 간송미술관.

다만 꽃을 보는 옥당의 노인이 있어          唯有看花玉堂老

풍정은 줄지 않았건만 머리털은 희었네.       風情不減鬢如絲

— 곽예, 『동문선』권20

이 시는 곽예가 비 오는 날이면 개경 남쪽에 있는 용화원龍化院 숭교사崇敎寺의 삼지에 연꽃을 감상하러 가서 쓴 작품이다. 연꽃을 보러 세 번째 삼지에 오니 일산 같은 푸른 잎과 단장한 붉은 꽃은 예전처럼 변함이 없건만, 다만 꽃을 보는 옥당의 노인, 곧 시인 자신은 풍류의 정서는 줄지 않았으나 머리털은 희게 변하였음을 탄식하는 모습을 보여 주고 있다. 당나라의 시인 유희이劉希夷가 〈흰머리 노인을 대신하여 슬퍼하다代悲白頭翁〉라는 시에서 "해마다 꽃은 비슷하게 피건만, 해마다 그 꽃을 감상하는 사람은 달라지네.年年歲歲花相似 歲歲年年人不同"라고 읊은 것과 같은 늙음을 탄식하는 감정에 바탕을 두고 있다.

이 시는 「동국사영東國四詠」의 하나로 꼽히는 작품으로 일찍부터 사람들에게 회자되어 왔다. 「동국사영」은 고려 후기의 문인 이제현이 뽑은 우리나라에서 가장 멋진 네 사람의 일화를 칠언절구로 읊은 작품군이다. 곧 벼슬에서 물러난 뒤 노새를 타고 강서사江西寺의 승려 혜소惠素를 찾아가 신분을 초월한 교유를 맺었던 김부식, 눈 속에서 해동기영회海東耆英會의 구성원들과 함께 소를 타고 송도 근교의 명승지인 추암皺巖을 찾아가서 놀았던 최당, 동래의 유배지에서 달밤에 거문고를 타며 임금을 그리워하는 노래인 〈정과정곡〉을 지어 불렀던 정서, 한림학사로 있을 때 비가 오면 맨발로 우산을 쓰고 개성 근처의 숭교사 연못에 가서 연꽃을 감상하였던 곽예의 행적을 시의 제재로 삼아 읊음으로써 각 인물에게서 추출되는 망형지교忘形之交, 자연 친화, 연군지사, 자연 완상의 가치를 긍정적으로 평가한 것이다. 「동국사영」은 고려 시대의 민사평·정추·한수·권근을 거쳐 조선 시대의 김시습에 이르기까지 여말선초의 탁월한 선비들에 의해 200년 동안 전승되며 창작되었다.

또 연꽃을 읊은 시 중에는 주돈이의 〈애련설〉에서 언급한 것처럼, 연꽃을 군자의 상징적 표상물이라는 시각에서 인식한 작품도 있다.

## 연꽃을 읊다 詠蓮

| | |
|---|---|
| 물 위로 바람 부니 멀리 향기 퍼지고 | 風來水面遠飄香 |
| 깨끗하고 곧게 자란 것이 뭇꽃과 다르네. | 淨植亭亭異衆芳 |
| 생각건대 염계가 당시에 사랑한 것은 | 料得濂溪當日愛 |
| 푸른 잎과 붉은 꽃 때문이 아니었으리. | 非關翠蓋與紅粧 |

— 이원, 『용헌집』 권1

이 시는 '연'이라는 식물이 연잎과 연꽃의 외형적인 아름다움 외에 또 다른 정신적인 의미를 내포하고 있음을 강조한 작품이다. 주돈이의 〈애련설〉은 『고문진보』에 수록되었으므로 조선 시대의 선비들은 대체로 그 내용을 친숙하게 파악하고 있었다. 그 글에서 작자는 연꽃을 사랑하는 이유로, 진흙에서 나왔으나 더러움에 물들지 않으며, 맑고 출렁이는 물에 씻기지만 요염하지 않으며, 속은 비고 겉은 곧으

강세황, 〈연화도〉, 국립중앙박물관.

며, 덩굴을 뻗지 않고 가지를 치지 아니하며, 향기는 멀수록 더욱 맑으며, 꼿꼿하고 깨끗하게 서 있어서 멀리서 바라볼 수는 있으나 함부로 가지고 놀 수 없다는 점을 들었다. 그래서 연꽃은 바로 군자의 상징이며 군자의 꽃이라고 하였다. 이 시에서 나타내고자 한 점도 바로 연잎과 연꽃의 외형적인 모습보다는 그 내면의 가치를 알아야 한다는 것이다.

또 연잎의 빈 줄기를 통하여 술을 마시는 멋을 부리고자 한 독특한 음주법을 보여 주는 작품도 있다.

### 선성이 소장한 열 가지 그림에 짓다　　　　題宣城所藏十畵

위아래 연못에 연꽃이 가득 피었으므로　　　　上下池塘荷滿開
흥겨우면 다시 벽통배를 마시네.　　　　　　　興來還把碧筩杯
아이 불러 손 가는 대로 술 더 부어 가면서　　呼兒信手頻添酒
코끼리 코처럼 구부려 입으로 빨아 먹네.　　　象鼻彎彎入口來

— 서거정, 『사가시집』 권40

이 시는 선성부원군 노사신이 소장한 열 가지 그림에 대해 지은 10수의 시 중에서 제6수인 위징魏徵을 대상으로 한 작품이다. 벽통배의 풍류를 주된 모티프로 삼고 있으며, 이때 벽통배 또는 벽통음碧筩飮은 중국 삼국 시대 위나라의 정각鄭愨에게서 유래한 음주법이다. 그는 삼복三伏이 되면 사군림使君林에 가서 피서를 했는데, 늘 큰 연잎에 술 서 되를 담고 연의 잎과 줄기 사이를 비녀로 뚫어서 술이 줄기를 타고 내려오게 한 다음에 줄기를 마치 코끼리 코처럼 구부려 줄기 끝에 입을 대고 술을 빨아 마시면서 이를 '벽통주'라고 불렀다고 한다. 후대 사람들은 그의 이런한 풍류를 본받아 따라 하면서 나름의 멋으로 여겼다.

한편 '蓮(련, lián)'은 '戀·憐(련, lián)'과 음이 같기 때문에 연蓮은 사랑 또는 애정을 뜻하는 상징물로 취급되기도 하였다. 그래서 예로부터 채련곡은 청춘 남녀의 연애 감정을 은근하게 표현한 노래 형식으로 널리 전승되어 왔다. 또 연밥을 의미하는 '연자蓮子'는 '연자戀子(그대를 사모함)'와 의미가 상통하기 때문에, 채련은 사랑을 구하는 행위의 은유적 표현으로 여겼다.

| 연밥 따는 노래 | 採蓮曲 |
|---|---|

| | |
|---|---|
| 맑고 넓은 가을 호수에 구슬 물결 푸른데 | 秋淨長湖碧玉流 |
| 연꽃 속 깊숙한 곳에 목란 배를 매어 두네. | 蓮花深處繫蘭舟 |
| 낭군을 만나 물 건너로 연밥을 던지고는 | 逢郞隔水投蓮子 |
| 혹여 남이 알까 싶어 한나절 부끄러워하네. | 或被人知半日羞 |

— 허난설헌, 『학산초담』(허균)

허난설헌의 이 시는 낭군을 만나 연밥을 던지고 나서 남의 눈에 띄었을까 싶어 부끄러워하는 처녀의 심사를 생생하게 그리고 있다. 속마음을 드러내는 듯싶다가 다시 숨기는 처녀의 수줍은 심정을 진솔하게 표현한 것으로, 노골적이지 않은 사랑의 고백에 묘한 멋이 있

심사정, 〈연꽃 핀 못에서 오리 놀다蓮池遊鴨〉, 호암미술관. ▶

다. 경상도 상주 지방의 모내기노래인 〈연밥 따는 처자〉와는 또 다른 매력을 풍긴다.

상주 함창 공갈못에, 연밥 따는 저 처자야.
연밥 줄밥 내 따 주께, 이내 품에 잠자 주소.
잠자기는 어렵잖소, 연밥 따기 늦어 가오.

대화체 형식으로 된 이 민요는, 연밥과 줄밥을 따는 처녀에게 총각이 자기 품에서 잠을 자 주기를 요청하는 상황에서 처녀는 잠을 자는 것은 어렵지 않지만 연밥 따는 일이 늦어 간다고 능청맞게 딴청을 부리는 모습을 담고 있다. 그러나 위에서 언급하였듯이 연밥이라는 물건 자체가 '그대를 사랑합니다.'라는 의미를 내포한다는 사실을 상기할 때, 이 시는 청춘 남녀가 나누는 사랑의 갈구이며 사랑의 유희임을 알 수 있다. 처녀는 겉으로는 다른 핑계를 대지만 은근히 총각의 구애에 긍정적인 대응을 보여 주고 있는 것이다. 🎋

# 무궁화

피고 지고 또 피는 우리나라 꽃

무궁화는 '우리 꽃' 곧 '나라의 꽃'이다. 그러나 무궁화가 어느 때부터 우리나라 국화가 되었는지는 확실치 않다. 정부에서 공식적으로 무궁화를 국화라고 공포한 것도 아니다. 실제로 무궁화는 국화로 적합하지 않으며 무궁화 대신 우리나라 사람들에게 친근한 복숭아꽃이나 진달래로 국화를 바꿔야 한다는 의견도 대한제국 시대부터 꾸준히 제기되었다. 그러나 무궁화를 지칭하는 한자어인 '근화槿花'에서 따와 우리나라를 '근역槿域'이나 '근화향槿花鄉'이라 부른 연원 또한 오래되었고, 황현의 〈절명시〉에서 보이는 것처럼 조선 말기에는 지식인들 사이에 무궁화가 우리나라 대표 꽃이라는 인식이 널리 퍼져 있었다.

절명시(제3수)                                            絶命詩

금수도 슬피 울고 산하도 요동치니                     鳥獸哀鳴海岳嚬
무궁화 세상 이미 망했네.                              槿花世界已沉淪
가을 등불 아래 책 덮고 천고를 돌아보니               秋燈掩卷懷千古
인간 세상 지식인 노릇 참으로 어렵구나.               難作人間識字人

                                    — 황현, 『매천집』 권5, 「경술고」

총 네 수로 이루어진 작품 중 세 번째이다. 황현은 1910년 한일강
제병합을 당하여 음력 8월 7일에 이 시를 읊고는 더덕술에 아편을 타
마시고 56세의 나이로 생을 마감했다. 나라 잃은 비통과 절망을 담은
생의 마지막 작품에서 우리나라를 "근화세계"라 부른 대목이 더욱
눈에 들어온다.

무궁화가 우리나라를 상징하는 꽃으로 묘사된 문헌 기록은 멀리
『산해경』까지 올라간다. 또한 『지봉유설』과 『임하필기』, 『오주연문
장전산고』, 『해동역사』, 『동국문헌비고』 등에서 『산해경』과 『고금기
古今記』를 인용하여 '근화'가 우리나라를 대표하는 꽃임을 말하고 있
다. 여기서는 이유원의 『임하필기』의 기록을 예로 든다.

## 군자의 나라 君子國

『산해경』에 이르기를, "해동에 군자국이 있어 의관을 갖추고 칼을 차며 사양
하기를 좋아하고 다투지 않는다. 근화초槿花草가 있어 아침에 피었다가 저녁

플로렌스 크레인, 〈무궁화〉(『머나먼 한국의 야생화와 이야기』).

에 진다."고 하고, 또 『고금기』에 이르기를, "군자국은 사방 천 리에 무궁화〔木槿花〕가 많다."고 하였다. 당나라 현종은 신라를 일러 '군자국'이라 칭하였고, 또 고려 때는 표사表詞에 본국을 '근화향'이라 불렀다.

— 이유원, 『임하필기』 권11, 「문헌지장편」

이를 보면, 중국에서도 우리나라를 '무궁화의 나라'로 부른 연원이 오래되었으며, 우리나라 또한 중국의 이러한 기록에 의거하여 우리나라를 '근역'이라 부르는 데 익숙했던 것이다. 유박의 『화암수록』〈화목구등품제〉에서는 이 꽃을 '8등'에 놓고는 다음과 같이 적고 있다.

무궁화〔木槿〕— 6월 7~8일에서 17~18일, 27~28일 사이에 꽃이 피면 그 해에는 서리가 일찍 내린다. 12~13일부터 22~23일 사이에 피면 서리가 늦어진다.

: 단군께서 나라를 여실 때 무궁화 꽃이 처음 나왔다. 그래서 중국이 우리나라를 일컬을 때는 반드시 '근역'이라 하였다. 흰 꽃이 대단히 아름답다. 『시경』에서 "얼굴이 순화舜華와 같다."고 한 것이 바로 이 꽃이다. 속명으로는 '무궁화無窮花'라 한다.

무궁화는 음력 6월 초, 즉 양력 7월 무렵부터 피기 시작하여 가을까지 계속 피니 개화 기간이 상당히 길다. 이 때문에 '무궁화無窮花'라는 이름이 붙었을 수 있다. 한편으로 무궁화의 별칭 중에 '일급화日及花'가 있는데, 이는 꽃 한 송이의 경우 아침에 피었다가 저녁에 떨어지기 때문에 '하루에 다한다日及'는 뜻의 '일급화'가 된 것이다. 나무 전체로 보면 무궁히 끝도 없이 피지만, 꽃 하나하나는 하루에 피고 지는, 그야말로 우리네 백성을 닮은 꽃이다. 그래서 어쩌면 무궁화는 우리나라 국화로 가장 잘 어울리는 꽃일지 모른다. 우리가 어릴 적 무심코 부른 동요인 "무궁무궁 무궁화 / 무궁화는 우리꽃 / 피고 지고 또 피어 무궁화라네"라는 가사야말로 '피고 지고 또 피는' 우리 국민을 닮은 꽃 무궁화의 속성을 가장 잘 드러내는 것이다.

# 붉은 무궁화

紅槿花

붉은 무궁화 피어 가을 다시 재촉하니
아침에 피어 저녁에 지고 다시 아침에 피네.
서로 이어 끝없이 피고 지는 게 가련하지만
한번 가서 아니 오는 그리운 임보다는 낫구나.

紅槿花開秋更催
朝開暮落復朝開
可憐續續開無盡
猶勝情人去不來

— 서거정, 『사가시집』 권52

아침에 피었다 저녁에 지면서도 끝없이 피는 모습이 가련하다지
만, 그래도 한번 가서 돌아오지 않는 임보다 낫다는 재치 있는 푸념이
돋보이는 작품이다.

하루에 피었다 지지만, 그것을 매일 반복하기에 무궁하다는 점이
옛사람들 눈에도 특별하게 보였는지, 이에 대해 이규보는 〈문장로
와 박환고가 무궁화를 논하며 지은 시에 차운하다次韻文長老朴還古論
槿花〉(『동국이상국전집』 권14)에서 "이 꽃은 잠시 피었다가, 하루도 버티
지 못하는데, 사람들 허무한 인생 같음 싫어하고, 떨어진 꽃 차마 보
지 못해, 도리어 '무궁'이라 이름했지만, 어찌 과연 무궁하겠는가.此
花片時榮 尙欠一日久 人嫌似浮生 不忍見落後 反以無窮名 倘可無窮有"라고
읊었다. 하루 만에 피었다 지는 생태와 그것을 오래 하여 무궁히 꽃이
피는 모습, 이렇게 두 가지 상반된 속성을 갖춘 '일급화'와 '무궁화'의
성격을 잘 표현하고 있다. 🔳

# 패랭이꽃

## 고태를 모르는 강인한 생명

패랭이는 석죽과의 여러해살이풀로 전국에 분포하며 6~8월에 꽃이 피고 9~10월에 열매가 보리 이삭 모양으로 익는다. 꽃을 뒤집어 보면 옛날 신분이 낮은 역졸이나 보부상 등이 쓰던 패랭이와 닮았다 해서 패랭이꽃이라는 이름이 붙었다. 바위틈이나 모래밭 같은 거친 땅에서도 잘 자란다. 한방에서는 이뇨, 소염 등의 효능이 있다고 알려져 있다.

| 패랭이꽃 | 石竹花 |
|---|---|

| | |
|---|---|
| 세상 사람들은 붉은 모란꽃만 좋아하여 | 世愛牧丹紅 |
| 뜰 안 가득 심고서 가꾼다네. | 栽培滿院中 |
| 누가 알까. 이 거친 들판에 | 誰知荒草野 |

또한 예쁜 꽃떨기 있는 줄을.                      亦有好花叢

빛깔은 마을 연못에 잠긴 달에 어리비치고            色透村塘月

향기는 언덕 나무를 스치는 바람에 전해 오네.         香傳隴樹風

땅이 외져 찾는 공자 드무니                       地偏公子少

아리따운 자태를 촌로에게나 부치네.                 嬌態屬田翁

— 정습명, 『동문선』 권9

고려 때 시인 정습명의 대표작이면서 그에게 벼슬을 안겨 준 시이기도 하다. 정습명이 어느 날 초에 금을 긋고 초가 그곳까지 타기 전에 이 시를 지었다고 한다. 그 일로 유명해진 이 시를 어떤 이가 궁중에서 읊조렸는데, 예종睿宗이 이를 듣고는 정습명에게 한림원 벼슬을 내렸다고 한다. 이 일로 사람들은 정습명의 이 석죽화 시를 '마흔 글자의 매개', 즉 마흔 글자로 정습명에게 벼슬을 안겨 준 시라 하였다. 초야에서 지내는 시인 자신을 패랭이꽃에 비유하여 세속에서 사랑받는 모란꽃에 대응하고 있는데, 소박하게 핀 꽃의 아름다움이 어떤 것인지 궁금증을 자아내는 데 성공한 시다.

패랭이꽃은 다양한 별명을 갖고 있다. 우리말로는 패랭이꽃이지만 한자어로는 '석죽화石竹花' 또는 '지여죽枝如竹'이라고 한다. 바위틈에서도 잘 자라며 줄기가 대나무 같다고 해서 붙은 이름이다. 이규보는 이 꽃의 아름다움은 인정하면서도 "찬 가을을 견디지 못하고 떨어지니, 대나무라 하기엔 분에 넘치지 않을지.飄零不耐秋 爲竹能無濫"라며 패랭이꽃을 대나무에 빗대는 것에 의문을 제기하기도 하였다. 그러나 한시에 전하는 패랭이꽃은 대부분 야생에서 돌보아지지 않지만

김홍도, 〈노란 고양이 나비를 희롱하다黃猫弄蝶〉중 '패랭이꽃', 간송미술관.

군세고 아름답게 피어나는 꽃으로 묘사되고 있다. 패랭이꽃 한시 가운데 또 빼놓을 수 없는 것이 허백당 성현의 다음 시다.

## 패랭이꽃 　　　　　　　　　　　　　　　石竹花

때맞추어 장맛비가 찜통더위 씻어 주니 　　　　　霖雨知時洗蘊隆
여린 싹이 비를 맞고 무더기로 자랐구나. 　　　句萌涵澤蔚成叢
갈라진 줄기에는 가느다란 잎들 푸르고 　　　連莖細葉森森綠
활짝 핀 고운 꽃은 열은 붉은빛이네. 　　　　敷地鮮英淺淺紅
제 뜻대로 시냇가 모래에서나 푸를 뿐 　　　偏傍潤沙隨意綠
고운 흙에서 사람에게 애교 부릴 줄 모른다네. 　不知泥土媚人濃
만약 화분에다 뿌리 옮겨 심는다면 　　　若爲盆裏移根去
서실의 궤안 옆에 놓아두고 볼 만하겠네. 　相對書窓几案中

— 성현, 『허백당보집』 권4

한바탕 장맛비가 내린 후 무더기로 자라난 줄기에서 열은 붉은색으로 핀 패랭이꽃의 소박함을 읊은 시다. 거친 땅에서 자라면서도 굳이 사람들의 사랑을 받으려 애쓰지 않는다며 패랭이꽃의 군센 기개를 칭송하고 있다. 이규보는 패랭이꽃에 대나무라는 이름을 붙이는 것이 과분하다고 했지만, 거친 땅에서 아름다운 꽃을 피우는 것으로 본다면 대나무의 절조에 버금가는 꽃이라 할 수 있지 않을까.

요즘에는 패랭이꽃을 관상용으로 개량하여 다양한 모양과 색깔의 꽃이 있지만, 조선 후기까지만 해도 주로 붉은색 꽃만 사람들 눈에 띄었

다. 시인은 패랭이꽃을 거두어 화분에 심어 가까이하고 싶다 하지만 조선 시대에 관상용으로 패랭이꽃을 재배한 예는 찾아보기 어렵다. 그래서인지 패랭이꽃은 지금까지도 화분에서 사람에게 아양 떠는 꽃이 아니라 굳세고 아름다운 풍모의 꽃으로 전하는지도 모른다. 🈁

---

◀ 강세황, 〈패랭이와 방아깨비〉(『담채화훼첩』), 개인 소장.

# 배롱나무꽃

백 일의 붉은 절조

배롱나무꽃은 부처꽃과의 낙엽 활엽 교목인 배롱나무에서 7~9월에 피는 꽃이다. 배롱나무는 추위에 약하여 주로 남부지방에서 자란다. 꽃이 100일 동안이나 피어 있다고 하여 '백일홍百日紅'이라고도 한다. '백일홍나무'를 줄여 발음하면서 '배롱나무'가 된 것인데, 초본에도 백일홍이 있기 때문에 배롱나무를 따로 '목백일홍木百日紅'이라고도 한다.

초본 백일홍은 멕시코가 원산지로 근래에 들어온 것이기 때문에 예전에 시로 읊던 백일홍은 전부 목백일홍이라 보면 된다. 배롱나무는 그 나무 껍질이 매끈하여 예로부터 줄기를 만지면 가지와 잎이 간지럼을 타듯 흔들린다고 여겼다. 그래서 '간지럼을 무서워하는 나무'라는 뜻의 '파양수怕癢樹'라고도 했다. 그러나 나무는 신경이 없기 때문에 실제로 간지럼을 타는 것은 아니다.

플로렌스 크레인, 〈배롱나무꽃〉(『머나먼 한국의 야생화와 이야기』).

## 배롱나무꽃을 읊다 詠百日紅

하얗게 센 백발의 주인 늙은이 皤皤白髮主人翁

일찍이 칠월에 꽃이 핀 것 보았지. 曾見花開七月中

나그네 생활로 한 달이 지났는데 作客已經三十日

집에 돌아와 보니 예전처럼 붉게 피어 있네. 還家猶帶舊時紅

— 신광한, 『기재집』 권9

신광한이 어느 해 7월에 핀 배롱나무꽃을 보고 한 달 동안 집을 떠났다가 돌아왔는데 여전히 피어 있는 꽃을 두고 지은 시다. 세 번째 구절에서 시인이 한 달 동안 나그네 생활을 하였다고 했는데 사실은 학질에 걸려 집을 떠나 있었던 것이다. '화무십일홍花無十日紅' 혹은 '화무백일홍花無百日紅'이라는 말처럼, 배롱나무꽃은 한번 피면 100일 넘게 피어 있는 것처럼 보인다. 그러나 실제로는 같은 꽃이 100일 동안 피어 있는 것이 아니라 꽃이 피었다 떨어지고 그 자리에 새로운 꽃이 피는 것이다.

배롱나무꽃은 중국에서 '자미화紫微花'라 하였다. 당나라 때 왕이 내리는 조칙과 국가 법령의 초안을 마련하던 중서성에 배롱나무를 많이 심었기 때문에 중서성을 '자미성紫微省'이라고 했다. 또 '자미성 紫微星'은 북두칠성 북쪽에 있는 별로 임금을 뜻하기도 한다. 윤선도가 해남 보길도에서 기거하던 집이 격자봉格紫峯 아래에 있었는데, 이 봉우리 이름은 '임금〔紫微〕을 바로잡기 위해서는 먼저 자신부터 바로잡아야 한다.'는 『맹자』의 구절에서 유래한 것이다.

안평대군이 자신의 집 비해당에 심은 꽃나무들을 두고 시를 읊었고, 여러 시인들도 그 꽃나무들을 두고 〈비해당사십팔영〉이라는 시를 지었다. 거기 나오는 꽃나무 중에 자미화도 있고 백일홍도 있어서 자미화와 백일홍이 다른 꽃이 아닌가 생각할 수도 있다. 오늘날의 장미를 예전에는 자미화라고도 하였으니 〈비해당사십팔영〉의 자미화는 백일홍이 아니라 장미꽃일 가능성이 높다.

배롱나무꽃을 두고 읊은 많은 시들은 이 꽃을 여름내 볼 수 있다는 점에 착안하였다. 사육신의 한 사람인 성삼문도 〈비해당사십팔영〉을

신윤복, 〈소년이 붉은 꽃을 꺾다少年剪紅〉 중 '배롱나무꽃', 간송미술관.

지었는데, 백일홍을 두고 다음과 같이 읊었다.

**비해당사십팔영**　　　　　　　　　　　　**匪懈堂四十八詠**

엊저녁에 꽃 한 송이 지더니　　　　　　　　　昨夕一花衰
오늘 아침에 꽃 한 송이 피었네.　　　　　　　今朝一花開
서로 백 일을 바라볼 수 있으니　　　　　　　相看一百日
너를 두고 술 마시기 좋구나.　　　　　　　　對爾好銜杯

— 성삼문, 『성근보집』 권1

　조선 후기 학자 신경준은 배롱나무꽃이 얼마나 오래 피어 있는가
관찰한 적이 있다. 그 결과 먼저 핀 꽃이 지려 할 때 그 뒤의 꽃이 이
어서 피어나 100일 하고도 열흘 남짓 붉은빛을 유지하더라고 했다.
그러면서 그는 대부분의 꽃이 한꺼번에 피고 지는데 배롱나무꽃은
나누어서 피어나 100일이 넘도록 붉은빛을 유지한다며 배롱나무를
'절도 있는 나무'라 칭송하였다. 신경준도 그렇고 배롱나무꽃을 읊은
옛 시인들도 대부분 그 꽃이 100일 동안 붉은 이유를 알고 있었던 것
이다.
　우리나라에서 목백일홍은 남쪽 지방에 많이 자라는데, 영남 지방
에서는 가로수로도 볼 수 있다. 부산의 동래 정씨 시조 정문도공鄭文
道公 묘소에는 800년 된 배롱나무가 있고, 전남 담양의 명옥헌 배롱
나무 군락도 유명하다. 🈀

# 자귀나무꽃

밤마다 끌어안는 부부의 정

자귀나무는 콩과의 낙엽 활엽 소교목으로 중국·대만·인도·네팔·일본과 우리나라 황해도 이남 지역에 주로 자생한다. 가지가 넓게 퍼지고 꽃잎보다 긴 수술이 25개 정도 달리는데 끝부분은 붉은색이고 밑부분은 흰색이다. 9~10월에 열매가 익는데 납작한 꼬투리 속에 5~6개의 씨가 들어 있다. 이 열매가 이듬해까지 그대로 달려 있으면서 겨울바람에 시끄러운 소리를 내므로 '여설목女舌木'이라고 하며, 또 소가 잎을 매우 좋아한다고 하여 소쌀밥나무·소찰밥나무라고도 한다.

이 나무의 잎은 복엽複葉으로 되어 있는데, 밤이면 잎이 오므라들어 서로 포옹한다고 해서 부부의 금실을 뜻하는 합환목合歡木·합환수合歡樹·합혼수合婚樹·야합수夜合樹·음양합일목陰陽合一木·유정수有情樹 등으로도 불린다. 복엽은 잎이 줄기에 하나씩 달리는 것이 아니라

여름 한가운데서

큰 줄기에 작은 줄기가 달리고 이 작은 줄기에 작은 잎들이 모여서 달리는 것이다. 복엽은 대체로 작은 잎들이 둘씩 마주나고 맨 끝에 잎이 하나 남는 형태이나, 자귀나무의 잎은 작은 잎이 짝수여서 밤에 잎을 닫을 때 홀로 남는 잎이 없이 완전한 짝을 이룬다.

## 염체　　　　　　　　　　　　　　　　　 奩體

겹겹이 비단 장막 쳐져 있고　　　　　　　　　 重重繡幕遮
처마에는 제비가 쌍으로 날아드네.　　　　　　 簷角燕雙斜
가장 부러워하노라, 섬돌 앞 나무에　　　　　　 最羨階前樹
야합화가 잘 피어날 수 있음을.　　　　　　　　 能開夜合花

　　　　　　　　　　　　　　　　　 ― 이수광, 『지봉집』 권1

　이 시는 염체 곧 향렴체香奩體로 지은 작품이다. 향렴체는 부녀자 신변의 자잘한 일을 소재로 삼아 짓는 시의 한 형식이다. 시인은 비단 장막이 쳐져 있는, 아리따운 여인이 거처하는 규방에 쌍을 지은 제비가 날아든다고 하여 청춘 남녀의 아름다운 인연이 맺어지는 분위기를 보여 준 뒤에, 무엇보다 부러운 것은 섬돌 앞에 야합화를 피울 수

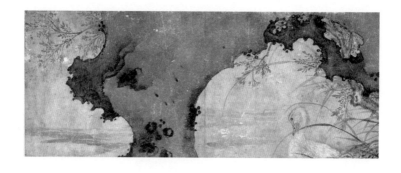

김후신, 〈기러기와 오리鴨雁圖〉 중 '자귀나무꽃', 국립중앙박물관.

있는 자귀나무가 심어져 있다는 점을 부각하고 있다. 이 작품은 자귀나무의 짝을 이룬 잎들의 결합이 곧 남녀의 사랑의 성취를 상징하고 있음을 여실히 보여 준다.

남녀의 사랑과 자귀나무를 연결하는 생각은 그 연원이 오래되었다. 예컨대 당나라 시인 육구몽陸龜蒙이 〈뜰 앞庭前〉이라는 시에서 "합환수는 성냄을 풀 수 있고, 원추리는 참으로 근심을 잊게 하네.合歡能解恚 萱草信忘憂"라고 한 것이나, 송나라 시인 왕야王野가 제목을 잃어버린 시에서 "봄빛은 사람이 홀로 있음을 알지 못하고, 뜰 앞에 합환화를 흐드러지게 피우네.春色不知人獨自 庭前開遍合歡花"라고 한 데서 이를 확인할 수 있다. 🈂

# 회화나무꽃

종이 물들이는 학자의 꽃

회화나무는 콩과에 속하는 낙엽 활엽 교목으로 꽃은 8월에 흰색으로 핀다. 한자어로는 괴화槐花라 하는데 '괴槐'의 중국 발음이 '회'와 비슷하기 때문에 회화나무라 부르고 이를 다시 줄여 홰나무라고도 한다. 높이가 20미터 이상 자라며 둥치가 네댓 아름이나 되는 것이 적지 않다. 경남 함양의 회화나무가 600년이 넘은 것에서 알 수 있듯 이 나무는 오래 살고 크게 자란다. 꽃은 종이를 노랗게 물들이는 염료로도 쓰인다.

**회화나무꽃**      槐花

서쪽 이웃 홰나무에 꽃이 새로 피어      西鄰槐樹著新花
맑은 새벽에 바람도 없어 이슬이 맺혔네.      淸曉無風帶露華

강희언, 〈사인시음士人詩吟〉 중 '회화나무', 개인 소장.

두어 가지 꺾어 누추한 집에 옮겨 놓으니       折得數枝分陌巷

빛깔이 서책에 스미고 그림자가 비끼네.       色侵黃卷影橫斜

— 이색, 『목은시고』 권24

시인의 서쪽 이웃에 살던 이는 고려 말 명필로 알려진 한수이다. 한수의 집에 한여름 피어난 회화나무꽃 두어 가지를 꺾어다 시인의 책상 맡에 놓자 꽃의 빛깔이 서책과 어우러지는 풍치를 담고 있다. 회화나무꽃은 처음에 흰색으로 피었다가 시간이 지나면서 누런색으로 변한다. 시인이 꺾어 온 꽃은 벌써 누렇게 변한 꽃이었을 것이다. 원문에는 서책이 '황권黃卷'으로 되어 있는데, 누런 꽃잎 빛깔과의 동질성 내지 조화를 강조하기 위해 굳이 이 단어를 쓴 것이다.

옛날 중국에서는 회화나무꽃이 누렇게 변할 무렵인 음력 7월에 과거 시험을 보았기에 회화나무꽃은 과거 시험을 뜻하는 꽃이기도 했다. 또 『주례周禮』에 따르면 궁궐에서 삼공三公, 즉 세 정승의 자리에 회화나무를 심어 특석임을 나타내는 표지로 삼았다. 그만큼 고위 관직을 뜻하기도 하는 나무여서 궁궐 곳곳에 심었다고 한다. 우리나라에서도 궁궐 안에 회화나무를 많이 심었는데 지금도 창덕궁 돈화문 안에 회화나무가 세 그루 있다. 과거 시험이나 고위 관직을 뜻하는 나무여서 '학자수學者樹'라고도 한다. 囲

콩꽃

꽃 지고 열매 기다리는

백성의 꽃

콩꽃은 콩과에 속하는 한해살이 식물의 꽃으로 우리나라에서는 주로 7월 말에서 8월 초, 장마가 끝난 직후 핀다. 꽃이 지고 나면 그 자리에 콩꼬투리가 열리는데, 꽃 하나에 꼬투리 하나가 달리고 그 속에 콩알이 1~5개 들어 있다. 강낭콩·작두콩·쥐눈이콩·서리태 등 다양한 종류의 콩이 있으나, 우리나라 백성들의 삶에 가장 크게 쓰이고 영양이 좋은 콩은 바로 메주를 만드는 '대두콩'이었다. 대두콩꽃은 가지의 잎겨드랑이 사이에서 나온 짧은 꽃대에 주로 흰색이나 보라색 꽃들이 작고 앙증맞게 핀다.

### 서풍 　　　　　　　　　　　　　　　 西風

서풍 부는 울타리에 콩꽃이 탐스럽고 　　　 西風籬落豆花肥

발 휘장 깊은 곳 대나무가 사립에 비치네.　　　　　　簾幘深深竹映扉

송옥의 가을 슬퍼하던 생각이 끝없으니　　　　　　　宋玉悲秋無盡思

산과 물 따라 가는 이를 어이 보낼꼬?　　　　　　　登臨其奈送將歸

— 서거정, 『사가시집』 권52

가을이 들어설 무렵 울타리에 탐스럽게 핀 콩꽃을 보고 읊은 작품이다. 전국 시대 초나라 문인 굴원의 제자였던 송옥은 가을을 슬퍼하며 〈구변九辯〉이라는 작품을 지었는데, 여기서 "슬프다, 가을의 기후여. 쓸쓸하여라, 초목은 낙엽 떨어져 쇠하였도다. 구슬퍼라, 마치 타향에 있는 듯하구나.悲哉 秋之爲氣也 蕭瑟兮 草木搖落而變衰 憭慄兮 若在遠行"라고 읊었기에 이 작품을 〈비추부悲秋賦〉라 부르기도 했다. 제목의 '서풍' 또한 '가을바람'을 뜻하는바, 이 시는 가을바람 소슬히 부는 가운데 떠나가는 임을 보내는 애잔한 풍경을 담고 있다.

옛 시인들의 작품 속에서 콩꽃은 여름날 큰비가 내린 후 피기 시작하여 가을을 예고하는 꽃으로 주로 묘사되었다. 이수광은 〈빗속에서 즉흥적으로 짓다雨中卽事〉(『지봉집』 권2)라는 작품에서 "청산에 비 쏟아져 오두막 눅눅하니, 온 마을 울타리에 콩꽃 처음 필 때라오.雨壓靑山濕敝廬 一村籬落豆花初"라고 하면서 비 온 뒤 콩꽃이 막 피기 시작하는 풍경을 그렸다. 또한 서거정은 〈앞의 운을 사용하다用前韻〉(『사가시집』 권40)라는 작품에서 "콩꽃은 비 맞아 떨어지고, 오이는 서리 맞고 살이 찌네. 귀뚜라미야 길쌈 재촉 마라, 나는 이제 겨울옷을 준비하련다.豆花承雨落 瓜子待霜肥 蚤婦休催織 吾今欲授衣"라며, 콩꽃이 진 뒤 서리가 내리고 겨울옷을 준비해야 하는 모습을 읊었다.

일찍이 두보는 〈촉직促織〉이라는 시에서 "귀뚜라미는 아주 미물이지만, 슬픈 소리가 사람을 얼마나 감동시키는지.促織甚微細 哀音何動人"라고 하여 귀뚜라미를 '베짜기를 재촉한다'는 뜻의 '촉직'이라 불렀다. 귀뚜라미 울음소리가 날이 추워지니 빨리 베를 짜서 겨울옷을 만들라고 재촉하는 것처럼 들린다는 뜻이다. 콩꽃이 필 무렵 귀뚜라미가 울었다 하니, 콩꽃은 장마철 이후 가을이 오기 전까지 우리나라 어디를 가든 흔히 볼 수 있는 꽃이었다.

그런데 사실 콩꽃의 진짜 의미는 꽃이 진 후 그 자리에 열리는 콩꼬투리를 기다리는 마음에 있다. 콩꽃이 피는 시기는 아직 가을 벼를 추수하기에 한참 이른 때여서 늘 먹을 것이 부족했다. 이에 우리 백성들은 여름이 막 지나 피기 시작하는 콩꽃을 보면 일단 안도의 한숨을 내쉬었다. 이제 저 꽃이 지고 나면 저 자리에 콩이 열려 주린 배를 채울 수 있겠구나, 생각하면서.

| | |
|---|---|
| 올벼는 이미 누렇게 마르고 | 早稻已枯黃 |
| 늦벼는 생기가 없어졌네. | 晚禾生氣斷 |
| 한 군데 물을 대었지만 | 縱有一漑處 |
| 이삭이 팬 것은 겨우 한 다발뿐. | 吐穎纔秉秆 |
| 저 아래 습기 찬 밭을 보니 | 眷彼下濕田 |
| 콩꽃이 만개하려 하는구나. | 菽豆花欲滿 |
| 백성의 목숨 오직 여기에 달렸으니 | 民命唯在此 |
| 다행히 가뭄귀신을 멈출 수 있으려나. | 魃虐幸可緩 |

— 조경, 『용주유고』 권5

　여름 한가운데서

이 작품은 조경의 〈을유년(1645) 윤6월 29일, 이날 장양절(봄여름)이 끝났다. 마침내 큰 가뭄에 대한 시를 짓다乙酉閏六月二十九日長養節終于是日遂作大燠詩〉의 일부이다. 정월 이후 일곱 달이나 비가 오지 않아 온 사방에 가뭄이 들어 먹을 것이 없다. 그때 시인은 밭 한 귀퉁이에 만개한 콩꽃을 보고 백성의 목숨이 오로지 여기 달려 있다고 한탄한다. 이제 저 꽃이 지면 콩이 열려 그것으로 백성들의 굶주림을 면할 수 있으니, 어찌 그 꽃이 반갑지 않겠는가.

중국 최초의 농서라는 『범승지서氾勝之書』에 따르면 "콩은 매해에 걸쳐 언제나 먹을 수 있기 때문에 예전에는 이것으로 흉년에 대비하였다. 가구 수를 헤아려 콩을 심되 한 식구에 다섯 묘를 기준으로 하니 이것이 농지 경영의 기본이다. 3월 느릅나무 열매가 열리고 비가 오면, 높은 밭에 심을 수 있다. 땅이 부드럽지 않으면 씨앗을 더한다. 대두는 하지 이후 20일이 지날 때까지도 심을 수 있다. 껍질을 쓴 채 싹이 트기 때문에 깊이 밭을 갈 필요가 없다. 콩꽃은 해를 보는 것을 싫어하니, 해를 보면 잎이 누렇게 변하고 뿌리가 마른다."고 하였다. 가난한 백성들에게 콩이 얼마나 유용한 식량인지 잘 보여 준다.

콩은 밥에 넣어 먹는 것만이 아닌, 두부와 콩국도 만들어 먹고, 무엇보다 콩으로 메주를 쑤어 우리 음식에서 빠질 수 없는 간장과 된장을 만든다. 조선 백성의 삶에서 가장 친근하고 없어서는 안 되는 곡물인 것이다. 옛사람들에게 콩꽃은 그런 꽃이다. 피었을 때 그 아름다움을 즐기기 위한 것이 아닌, 오히려 진 이후를 떠올리며 반가워할 수 있는. 🇱

## 원추리꽃

### 오로지 자식만 생각하는 어머니의 꽃

[훤화 · 합환화合歡花 · 망우초]

원추리는 백합과에 속하는 여러해살이풀로 전국의 산야에 널리 분포한다. 뿌리는 덩이줄기로 비뇨기 질환을 치료하는 한약재로 사용되고, 어린잎은 봄철 산나물로 식용한다. 꽃은 7~8월에 피며 길이가 10센티미터쯤 되는데, 잎 사이에서 나온 긴 꽃줄기 끝에서 가지가 갈라져 6~8개의 등황색 꽃이 떨기를 이룬다.

원추리는 『시경』「위풍」의 〈백혜伯兮〉에서 "어찌하면 훤초(원추리)를 얻어, 북당北堂에 심을 수 있을까?焉得諼草 言樹之背"라고 한 이래 어머니를 상징하는 꽃으로 인식되었다. '북당'은 어머니가 거처하는 집이고, '훤초'는 자식 걱정을 잊는다는 뜻으로 곧 망우초忘憂草를 가리킨다. 이 말은 의학적으로도 입증되는데『본초강목』〈훤초〉의 "새 속잎을 따서 나물을 만들어 먹으면, 풍기가 일어나 취한 것같이 되어 모든 근심을 잊는다. 그래서 망우초라고 한다."는 말과 부합한다.

플로렌스 크레인, 〈원추리〉(『머나먼 한국의 야생화와 이야기』).

**눈물 흘리며 훤당에서 부쳐 주신 머리카락을 받다**　　泣受萱堂寄髮

어머니께서 스스로 머리카락을 잘라　　　　　　　高堂自斷髮

멀리 있는 아들에게 봉하여 부치셨네.　　　　　　封寄絶域兒

먼 곳의 소식이 막히니　　　　　　　　　　　　絶域音信阻

나의 얼굴과 눈썹을 상상하셨으리.　　　　　　　想我面與眉

나 또한 마주 대한 듯이　　　　　　　　　　　　我亦欲如對

한 토막 기별을 보낼 수 있으리.　　　　　　　　可送一寸奇

심사정, 〈원추리와 벌과 나비萱草蜂蝶〉, 간송미술관. ▶

| | |
|---|---|
| 두 번 절하고 받아 봉함을 뜯으니 | 開緘再拜受 |
| 흐르는 눈물이 턱에 엇갈려 어지럽네. | 涕淚紛交頤 |
| 오래 돌아가지 못하니 손가락을 깨무셨을 텐데 | 嚙指久未歸 |
| 하늘 같은 자애가 여기에 이르렀네. | 慈天乃至斯 |
| 완연히 슬하에서 모시는 것 같아서 | 宛如侍膝下 |
| 어머니가 더욱 그리워 민둥산에 오르네. | 益篤陟屺思 |
| 돌이켜서 정수리 가운데의 털을 바치노라니 | 回獻頂心毛 |
| 간장과 비장을 뽑은 듯 슬퍼지네. | 惻愴抽肝脾 |
| 편지를 봉할 즈음에 희끗희끗한 것을 가려내지만 | 臨封揀星星 |
| 아들의 노쇠함에 놀라 슬퍼하실까 두렵네. | 恐驚兒衰悲 |

— 유희춘, 『미암집』 권2

이 시는 함경도 종성에 유배된 작자에게 고향의 어머니가 자기 머리카락을 잘라서 보낸 것을 받고 느꺼워서 어머니를 그리워하는 마음을 담은 작품이다. 멀리 객지에서 고생하는 자식의 안위를 걱정하는 어머니의 마음을, 자식 된 처지에서 짐작하여 슬퍼하고 있다.

이 시에 나오는 '설지嚙指', 곧 손가락을 깨문다는 말은 자식에 대한 어머니의 사랑을 뜻한다. 한번은 증삼曾參이 공자를 따라 초나라에 갔다가 갑자기 놀라는 감정을 느껴 공자께 하직하고 집에 돌아가 모친에게 무슨 일이 없으셨는지 묻자, 어머니는 "너를 생각하면서 손가락을 깨물었다.思爾嚙指"고 하였다고 한다. 공자가 이 일을 듣고는 증삼의 효성이 만 리를 감통했다고 하였다. 또 '척기陟屺', 곧 민둥산에 오른다는 말은 『시경』「위풍」〈척호陟岵〉의 "저 민둥산에 올라가,

어머님 계신 곳 바라보네. 어머니는 '아 막내아들 부역에 나가, 밤낮으로 잠도 자지 못하리. 부디 몸조심하여, 죽지 말고 돌아오기만 해라.'고 말씀하시리. 陟彼屺兮 瞻望母兮 母曰嗟予季行役 夙夜無寐 上愼旃哉 猶來無棄"라는 대목에서 유래한 것이다.

이 시에서 실감 나게 표현한 바처럼, 어머니의 자식 사랑에 대한 아들의 마음을 잘 담은 시로는 당나라 시인 맹교孟郊의 〈나그네 노래遊子吟〉를 들 수 있다. "자애로운 어머니의 손에 쥔 실은, 길 떠날 아들의 옷을 짓는 것이네. 떠남에 임하여 꼼꼼히 꿰매심은, 생각건대 더디 돌아올까 염려하심이리. 한 치의 풀과 같은 마음으로, 삼춘의 봄볕에 보답하기 어려워라. 慈母手中線 遊子身上衣 臨行密密縫 意恐遲遲歸 難將寸草心 報得三春暉"라는 시에서 표현한 어머니에 대한 자식의 그리움과 사랑을 유희춘은 위의 시에서 잘 계승하여 발전시키고 있다. 셈

# 능소화 늙어 가는 세월

장마 내내 하늘에서

[자위紫葳·금등화金藤花·장마꽃]

능소화는 능소화과 낙엽 활엽 덩굴나무인 능소화나무에서 피는 꽃이다. '하늘을 침범하는 꽃'이라는 그 이름처럼 능소화는 담벽이나 다른 식물을 타고 올라가 높은 곳에서 덩굴 형태로 자라며 꽃을 피운다. 주홍색 꽃이 7~8월에 짧은 나팔 모양으로 핀다.

| 용문의 스님을 추억하며 | 憶龍門僧 |
|---|---|

| 눈 녹으면 뜰에 커다란 바위 푸르고 | 雪消庭畔蒼巖大 |
| 만조 때 누각 앞에는 지는 해 붉었지. | 潮滿樓前落日紅 |
| 슬프구나, 고승은 다시 만나기 어렵고 | 惆悵高僧難再見 |
| 능소화만 운해 사이에서 늙어 가겠지. | 凌霄花老海雲中 |

— 김창업, 『노가재집』 권4

용문사는 경남 남해에 있는 절로 신라 때 창건하였다. 김창업이 어렸을 때 부친 김수항이 남해에서 유배 생활을 한 적이 있다. 위의 시는 시인이 어렸을 적 노닐며 사귄 적이 있는 용문사의 스님을 생각하며 그곳 풍경을 그려 낸 것이다. 세월이 흘러 고승은 이미 입적하였지만, 여전히 남해가 내려다보이는 풍경에 능소화가 자리 잡고 있을 것이라 하였다. 나직이 바라보이는 바다와 높이 치솟는 능소화 사이에 운해를 두어 원근과 고저를 절묘하게 한 폭에 담아내고 있다.

능소화는 조선 후기에 정홍순이 중국 북경에서 가져와 심어 우리나라에 퍼지게 되었다고 한다. 그 전에도 능소화가 없던 것은 아니지만 보기 쉬운 꽃은 아니었다. 그래서 장희춘이 종사관으로 일본에 다녀오면서 지금의 도쿄 인근을 지나다가 늙은 소나무에 뻗어 올라 핀 능소화를 처음 보고는 그 꽃이 능소화임을 알게 되었다고 한다. 과거에 급제한 사람이 임금에게 내려 받는 종이꽃인 어사화로 능소화가 쓰여 양반들이 좋아하는 꽃이기도 했고, 조선 시대에는 흔치 않은 꽃이어서 양반가에서만 심을 수 있다 하여 양반꽃이라고도 했다.

조선 시대에는 능소화에 독이 있다고 여겼다. 어떤 사람이 능소화를 쳐다보다가 잎에서 떨어지는 이슬이 눈에 들어갔는데, 그 후 결국 실명失明했다는 말이 전한다. 또 부인이 능소화의 향기를 맡으면 잉태하지 못한다는 말도 있다. 그러나 실제로 이는 낭설일 뿐이라고 한다.

한편 추사 김정희의 서울 집은 경복궁 서쪽 적선동에 있었는데, 그곳의 다리를 '어교魚橋'라 불렀다. 조면호가 그 앞을 지나다가 지은 시 〈어교에서 느낀 일魚橋感事〉에서 한때 거마가 문 앞에 가득하던 추

사의 집에 어느덧 인적이 드물어지고 비 오는 저녁에 능소화만 피어 있는 광경을 읊었다. 이때는 아마 장마철이었을 것이다. 예전부터 능소화가 피면 장마가 온다고 하였다. 그래서 '장마꽃'이라고도 하였다. 능소화는 장마가 시작되기 전에 피어 장마가 끝나고도 제법 오래 피어 있는 데다 높은 곳에 피어 사람들 눈에도 잘 띈다. 그 덕에 이처럼 해마다 변함없이 오래오래 피어나는 꽃으로 인식되었던 것이 아닌가 한다. 📖

# 맨드라미꽃

## 담장 밑에 웅크린 수탉의 볏

맨드라미는 비름과에 속하는 한해살이풀로 아시아 열대지역이 원산지이며, 세계 곳곳에서 관상식물로 널리 재배하고 있다. 불그스름하고 털 없는 줄기가 곧게 자라고, 어긋나게 나는 잎은 가장자리가 밋밋하고 끝이 뾰족하다. 꽃은 7~8월에 붉은색·노란색·흰색으로 피며 잔꽃들이 편평한 꽃줄기 끝에 빽빽이 달린다. 중간 아래쪽에 많은 잔꽃이 달리고, 주름진 모양이 수탉의 볏과 같다. 무리 지어 피는 생김새가 닭 볏처럼 보여 흔히 계관화鷄冠花라고 부르고, 잎과 줄기는 계관묘鷄冠苗, 종자는 계관자鷄冠子라 부르는데 모두 피부나 비뇨기 질환을 치료하는 약재로 사용한다.

맨드라미라는 말의 어원을 찾기는 쉽지 않다. 이규보가 〈이백전 학사가 다시 계관화 시에 화답한 것에 차운하다次韻李百全學士復和雞冠花詩〉라는 시에서 "세상에서 말하기를 이것이 곧 만다라라고 하여,

여름 한가운데서

플로렌스 크레인, 〈맨드라미〉(『머나먼 한국의 야생화와 이야기』).

이 때문에 절에다 심기를 좋아한다네. 황당무계한 이 말 또한 믿을 수 없으니, 현혹됨이 붉은색과 자주색을 혼동함과 어찌 다른가世言此是曼多羅 所以喜栽僧院地 此說荒唐亦莫憑 眩惑何殊混朱紫"라고 하여, 불교 용어인 '만다라曼多羅'에서 온 것이 아니라고 하지만 사실 다른 단어에서 그 어원을 짐작하기는 어려운 실정이다.

## 맨드라미꽃　　　　　　　　　　　　雞冠花

| | |
|---|---|
| 붉은빛 엉기고 자주색 겹쳐 유독 선명한데 | 凝丹疊紫獨分明 |
| 모습이 어찌나 비슷한지 그 이름 얻었구나. | 形似居然强得名 |
| 밤에 서쪽 창을 향하면 말을 알아듣는 듯하고 | 夜向書窓如解語 |
| 새벽에 초가집 주막을 지나가면 소리가 들리는 듯하네. | 曉過茅店若聞聲 |
| 불타오르는 봉선화와 함께 나아갈 만하고 | 鳳仙灼灼堪同進 |
| 푸릇푸릇한 쇠비름과는 느긋이 싸우려고 하네. | 馬齒靑靑漫欲爭 |
| 진짜와 가짜가 아직도 온통 비교가 안 되니 | 眞假至今都不較 |
| 가을날 작은 밭두둑에서 흐릿한 눈동자를 굴리네. | 小畦秋日弄微晴 |

　　　　　　　　　　　　　　　　— 장유, 『계곡집』 권30

　이 시는 〈말이 병들어 김제의 시골 객사에서 머무는 동안 뜰에 심어 놓은 여러 가지 식물을 한가로이 바라보면서 그냥 흥에 겨워 읊어 본 다섯 편의 시馬病留金堤村舍 閒看園中雜植 謾成五咏〉라는 작품에 포함되어 있다. 붉은빛 또는 자줏빛으로 빛나는 맨드라미꽃이 너무 닭 볏과 비슷하여 착각하게 된다는 모티프를 중심으로 시상을 전개하고 있다.

　밤에는 서쪽 창에서 사람 말소리를 알아듣는 듯하고 새벽에 주점을 지날 때는 닭 울음소리가 들리는 듯이 느껴질 뿐 아니라, 불타듯 붉은 봉선화와 함께 어울릴 만하고 푸른 쇠비름과는 한바탕 싸움을 벌일 듯하다고 하고서, 시인은 아직껏 닭 볏과 맨드라미꽃이 구분이 가지 않아 가을날 작은 밭두둑에 핀 맨드라미를 보면서 진짜인지 가짜

인지를 분간하려고 흐릿한 눈동자를 굴리고 있다. 맨드라미와 닭 볏의 유사성에 초점이 맞추어진 작품이다.

| 맨드라미꽃 | 鷄冠花 |
| --- | --- |

| | |
| --- | --- |
| 울타리 가의 마당에 어둠이 밝으려 하면 | 籬畔庭陰乍欲明 |
| 시향에서는 다시 닭 이름을 불렀으리라. | 尸鄕應復擬呼名 |
| 자웅을 겨루어도 진정 두 발톱 거만하게 세우지 않고 | 鬪雄未信矜雙距 |
| 꿈에서 깨면 도리어 한바탕 울음소리 보내오리. | 破夢還疑送一聲 |
| 학 머리의 붉은 점과 무척이나 비슷하고 | 鶴頂點丹繁得似 |
| 소쩍새가 토한 핏자국과 조금 견줄 만하네. | 鵑魂染血淺能爭 |
| 봉선화와 양귀비야 질투를 그치고 | 鳳仙鶯粟休相妬 |
| 갠 날 저녁 햇살 속 꼿꼿하게 선 모습을 보라. | 看取亭亭立晩晴 |

— 박세당, 『서계집』 권4, 「석천록」

이 시는 닭 볏과 닮은 맨드라미를 닭과 동일시하여 그 꽃의 속성을 그려 낸 작품이다. 수련의 '시향'은 중국 하남성 언사현偃師縣 서남쪽의 신채진新蔡鎭에 있던 마을이다. 옛날에 축계옹祝鷄翁이라는 낙양 사람이 이곳의 북쪽 산 밑에서 100여 년 동안 닭을 기르며 1천여 마리의 닭에게 각기 이름을 붙여 주었는데, 그가 이름을 부르면 닭들이 그 말을 알아듣고 다가왔다고 한다. 그런데 맨드라미는 실제의 닭과는 달리 두 마리가 서로 힘을 겨루어도 발톱을 세우지 않고 잠에서 깨고 나면 한바탕 울음소리를 보낼 듯하며, 붉은 빛깔은 단정학丹頂鶴

◀ 전傳 신사임당, 〈초충도〉 8폭 중 '맨드라미', 국립중앙박물관.

의 붉은 점과 비슷하고 피 토하며 우는 소쩍새의 핏자국과 견줄 만하다는 사실을 지적하고 있다. 미련에서는 붉은색을 자랑하는 봉선화나 양귀비는 맨드라미에 대한 질투를 멈추고 갠 날의 저녁 햇살 속에 꼿꼿하게 선 모습을 바라보라고 하여, 맨드라미꽃의 늠름하고 장려한 모습에 찬탄하고 있다.

마지막으로 닭벼슬('닭 볏'의 방언)에 대한 여담 한 토막을 소개한다. 필자가 대학원에서 박사 학위 논문을 쓴 뒤 심사위원들을 모시고 식사하는 자리에서 들은 서울대 김대행 선생님의 이른바 '닭벼슬론'이 아직도 생생하게 떠오른다. 말씀인즉슨 이렇다. 닭의 벼슬은 닭의 삶에서 차지하는 기능이 거의 없지만 닭에게 벼슬이 없으면 곧 닭이 아니다. 학자에게서 박사 학위라는 것이 꼭 닭의 벼슬과 같다. 학자의 연구 활동에서 박사 학위의 역할은 전무하지만 박사 학위를 가져야 사람들은 그를 학자로 취급해 준다는 것이다. 그래서 그 수많은 사람들이 학자로서의 자격을 인정받으려고 대학원에서 박사 과정을 밟고 학위를 취득하기 위해 노력하는 것인지도 모르겠다. 벌써 30년 전의 일인데도 어제 일처럼 떠오르는 것은 맨드라미꽃의 한자 이름이 '계관화'이기 때문이다. ◈

---

◀ 강세황, 〈맨드라미와 여치〉, 개인 소장.

# 박꽃

## 새벽녘 지붕의 반짝이는 별

박은 박과에 속하는 한해살이 식물로 인가 부근에 서식한다. 원산지는 아프리카, 인도 등의 열대지방이지만 『삼국사기』에 신라의 시조 박혁거세가 박처럼 생긴 알에서 태어났다고 한 것으로 보아 삼국 시대 이전부터 우리나라에 널리 심었음을 알 수 있다. 줄기 전체가 짧은 털로 덮여 있고 덩굴을 이루어 다른 물건을 감싸면서 자란다. 둥근 열매는 크기가 10~30센티미터, 무게는 5~6킬로그램 정도이며, 속껍질은 반찬으로 쓰고 과육은 나물로 무쳐 먹기도 하며 겉껍질은 바가지로 쓴다. 꽃은 한여름에서 초가을 사이 흰색으로 핀다.

**새벽길**                                     **曉行**

까치 한 마리 외로이 수숫대에 잠자는데         一鵲孤宿蜀黍柄

달 밝고 이슬 희고 밭골 물은 졸졸 우네.        月明露白田水鳴

나무 아래 오두막은 바위처럼 둥근데        樹下小屋圓如石

지붕 위 박꽃은 별처럼 반짝이네.        屋頭匏花明如星

— 박지원, 『연암집』 권4

    시에서 이슬이 희다고 한 것으로 보아 절기상으로는 백로白露인 9월 초 언저리일 것이고 시간상으로는 새벽이다. 까치도 잠자고 물 흐르는 소리만 들리는 고요한 새벽, 둥근 달이 뜬 둥근 초가지붕 위에 핀 박꽃이 별처럼 반짝인다고 한 시상이 참신한 작품이다.

    박지원은 박꽃을 유난히 사랑한 시인이다. 〈이자후의 득남을 축하하는 시축의 서문李子厚賀子詩軸序〉에서 군자는 화려한 꽃을 싫어한다면서 박꽃이 쓰임새 많은 꽃이라고 칭송하고 있다. 넝쿨이 뻗어 열리는 박 한 덩이가 여덟 식구를 먹일 만하고, 박을 타서 그릇을 만들면 두어 말의 곡식을 담을 수 있다면서, 박꽃이 비록 보잘것없어 보이지만 그 쓸모는 여느 화려한 꽃보다 낫다고 하였다.

    크기도 작고 화려하지도 않아 낮에는 눈에도 띄지 않는 박꽃의 아름다움은 밤이 되어서야 발휘된다. 다만 꽃을 비출 달이 밝아야 한

김득신, 〈한여름의 짚신 삼기盛夏纖屨〉(『긍재풍속화첩』) 중 '박꽃', 간송미술관.

다. 박지원 외에도 여러 시인이 달 밝은 밤에 빛나는 박꽃을 노래했
다. 창강 김택영의 〈6월 보름밤 달이 매우 밝았는데 어떤 사람이 시
내 동쪽에서 부는 피리 소리가 매우 뛰어났다六月十五日夜月極明 有人
在溪東吹笛極工〉라는 시도 그중 하나다. 그 시의 아홉 수 중 세 번째 작
품에서 시인은 "달 북쪽 난간엔 이슬 기운 자욱하고, 달 동쪽 울타리
엔 박꽃이 향기롭네.月北欄干露氣遍 月東籬落匏花香"라 읊었다. 화려하
지는 않지만 밤에 하얗게 피어 있는 박꽃의 소박한 아름다움을 잘 보
여 주는 시다. 박은 초가집 지붕에서 흔히 볼 수 있었다. 요즘은 초가
집이 사라지면서 그러잖아도 사람들 눈에 안 띄던 박꽃은 더욱 찾아
보기 어렵게 되었다. 웹

옥잠화는 백합과의 여러해살이풀로 중국이 원산지이다. 잎은 둥근 알뿌리에서 나오고 긴 잎자루가 있으며 가장자리가 물결 모양을 이룬다. 꽃은 8~9월에 떨기 가운데에서 30센티미터 정도로 뻗은 꽃줄기 끝에 흰색으로 핀다. 향기가 짙은데 저녁에 피어 다음 날 아침이면 시든다. 어린잎은 식용하며 꽃과 뿌리·줄기 모두 한약재로 쓴다. 꽃봉오리가 비녀처럼 생겨서 옥잠화라 불린다.

## 옥잠화　　　　　　　　　　　　　　玉簪花

군옥산 꼭대기에서 마고를 보고　　　　麻姑群玉山頭見
천상 선녀가 요대의 달빛 아래 노닐었네.　天女瑤臺月下遊
예상의 춤이 끝나고 구름비단 어지러웠는데　舞罷霓裳雲錦亂

돌아올 때 취하여 떨어진 것을 수습하지 못하였네.　　　歸來醉墮不曾收

　이 시는 선녀의 비녀처럼 생긴 옥잠화가 이 세상에 생겨난 유래를 설명한 작품이다. 전설상의 선녀 서왕모의 거주지인 군옥산에서 마고선녀를 보았는데, 그 선녀가 옥으로 장식한 요대에서 거닐고 있었다고 하였다. 그런데 이 대목은 성당 시인 이백의 시 〈청평조사淸平調詞〉의 "군옥산 꼭대기에서 본 것이 아니라면, 요대의 달빛 아래에서 만난 것이 분명하네.若非群玉山頭見 會向瑤臺月下逢"라는 구절을 차용한 것이다. 그곳에서 벌어진 잔치에서 〈예상우의곡霓裳羽衣曲〉이 끝나고 나서 구름비단을 입은 사람들이 어지럽게 모인 가운데 마고가 비녀를 떨어뜨렸으나, 술에 취하여 제대로 수습하지 못한 채 남겨 두고 간 것이 바로 옥잠화라는 설명이다. 〈예상우의곡〉은 선인의 춤을 노래한 곡조이다.

　여인의 비녀처럼 생긴 꽃 모양새를 바탕으로 한 발상은 옥잠화를 읊은 한시에서 흔히 확인할 수 있다. "뛰어나게 예쁜 모습 아름다우니, 누구를 위하여 곱게 단장하였는가? 나 또한 강심장을 가지고 있는데도, 보고 있노라니 마음이 녹아 버리네.嫣然傾國色 膏沐爲誰容 我亦剛腸者 看來意已融"라는 성삼문의 시 〈옥잠화〉와, 정조가 잠저에 있을 때 지은 〈옥잠화〉의 "내가 이것을 미인에게 주고 싶어, 아득히 서방을 바라보네.我欲贈美人 迢迢望西方"라는 대목도 그런 예이다. 찟

---

◀ 신명연, 〈산수화훼도〉 중 '옥잠화', 국립중앙박물관.

# 금전화

돈으로 살 수 없는 웃음

금전화는 벽오동과의 한해살이풀이다. 높이는 80~120센티미터로 곧게 자라고, 8~9월에 윗부분의 잎겨드랑이에 2~3개의 꽃자루가 나와 4센티미터 정도의 진홍색 꽃이 핀다. 꽃은 정오에 피었다가 다음 날 아침에 시든다. 꽃의 생김새가 돈 모양이라 예로부터 돈에 자주 견주어졌다.

### 문 장로의 〈금전화가 아직 피지 않았네〉라는 시에 차운하다 　　　次韻文長老未開金錢花

초여름 옮겨 심고 마음 써 가꾸었는데 　　　　　　　早夏移根用意栽
누가 오면 피려고 아직도 예쁜 입술 오므리고 있는지. 　尚含檀口待誰開
천금으로 예쁜 웃음 사려고 해도 　　　　　　　　　千金欲買嬌顔笑

돈 많다 자부하며 거들떠도 안 보네.            自負錢多不肯廻

— 이규보, 『동국이상국전집』 권11

　문 장로는 이규보와 교유하던 불승으로, 개경 만월동의 광명사에 적을 두고 있었다. 문 장로가 금전화의 개화를 기다리는 내용의 시를 지었는데, 이규보가 그 시에 차운한 것이 위의 작품이다. 금전화 자체가 돈을 상징하여 아쉬울 것이 없으니, 천금으로도 일부러 꽃을 피우게 할 수 없다고 한 발상이 웃음을 자아낸다.

　위 시에서 이규보는 금전화를 애써 가꾸었다고 했지만, 야생의 금전화를 읊은 시도 있다. 서거정은 〈금전화 노래金錢花行〉라는 시에서 "예로부터 금전은 부잣집이 갖는 것이어늘, 어찌하여 이 좁은 골목 어귀에 났는가.由來金錢富家有 胡爲生此窮巷口"라 읊었다. 같은 시에서 서거정은, 금전화가 이름만 '금전金錢'일 뿐 세금으로도 낼 수 없고 술도 못 산다고 하며 이름과 실상이 어긋난다고 우스갯소리를 하기도 하였다.

　금전화는 그 생김새와 이름 때문에 대부분의 시에서 돈에 견주었고 세속적인 부자를 상징하는 것으로 여겼지만, 성삼문은 〈비해당사십 팔영〉에서 금전화를 다음과 같이 새로운 시각으로 읊고 있다.

**비해당사십팔영**                 匪懈堂四十八詠

나는 금전화를 사랑하노니              我愛金錢花
마주하고 있으면 심목이 맑아지지.         對之淸心目

어찌하여 공방형은 한 번만 보아도                                     如何孔方兄

사람으로 하여금 욕심을 갖게 하는지.                                 一見令人慾

— 성삼문, 『성근보집』 권1, 〈비해당사십팔영〉 제30수

원문 가운데 '공방형孔方兄'은 엽전을 익살스럽게 이르는 말이다. 금전화가 비록 엽전과 닮았지만, 엽전을 보면 욕심을 내게 되는 데 반해 금전화를 보면 마음이 맑아진다고 하여 여느 시와는 다른 시각을 보여 준다. 🍁

홀로 가을을
맞이하네

# 억새꽃

## 가을 산야에 환히 빛나는 꽃

억새는 볏과의 여러해살이풀로 전국 산야에서 큰 무리를 이룬다. 줄기는 마디가 있고 속이 비었으며 1~2미터 높이로 자란다. 잎은 길이 80센티미터 정도로 자라고 폭이 좁고 납작하며 가장자리가 까칠까칠하다. 꽃은 9월 무렵에 줄기 끝에서 부채 모양으로 피는데, 가늘고 끝이 뾰쪽한 작은 이삭들이 밀집하여 달리고 낱꽃 밑에는 황백색 털이 있다. 억새는 대체로 군락을 이루기 때문에 꽃이 피면 장관을 연출한다. 가을이면 억새의 장관을 보기 위한 등산객들로 북새통을 이룬다. 전국의 억새 명소로는 서울의 하늘공원, 정선의 민둥산, 포천의 명성산, 장흥의 천관산, 울산의 신불산과 간월산, 창녕의 화왕산, 경주의 무장산 등이 널리 알려져 있다.

## 정자 위에서 곧바로 읊다　　　　　　　　　亭上卽事

| | |
|---|---|
| 여러 사람을 기다리다 기둥에 기대어 조노라니 | 坐待群賢倚柱眠 |
| 구름 끝에 아득히 신선이 날아가네. | 雲端縹緲過飛仙 |
| 저문 햇살 속 억새꽃 바람에 일렁이니 | 茅花晚日因風起 |
| 강가 마을은 온통 백설 천지인 듯싶네. | 疑是江村釀雪天 |

— 조팽년, 『계음집』권1

이 시는 강가 정자에서 여러 벗을 기다리던 중 주변에 만발한 억새
꽃을 보고 지은 작품이다. 저녁 햇살 속에서 반짝이며 일렁이는 억새
꽃의 군무는 한번 본 사람이면 그 찬란한 광경을 잊기 어렵다.

눈길 닿는 곳까지 펼쳐진 억새꽃의 장관은 바라보는 각도가 중요
하다. 억새꽃의 반짝이는 모습을 제대로 감상하려면 우선 해를 마주
해야 한다. 해를 등지고 억새꽃을 보면 밋밋하기 그지없이 그저 그런
풀꽃들의 집합처럼 보이지만, 해를 마주한 채 보면 꽃송이 하나하나,
낱낱의 꽃 아래 펼쳐진 황백색 털 하나하나가 보석처럼 영롱하게 반
짝인다. 한두 송이가 아닌 수천수만의 꽃송이가 햇빛에 반사되어 찬
란한 광채를 발사하는 황홀한 군무는 잊지 못할 장관이 될 것이다.

깊어 가는 가을을 재촉하는 바람에 서걱대는 억새꽃의 스산한 소리
를 들으면 "아, 으악새 슬피 우니 가을인가요?"라고 한 고복수의 〈짝
사랑〉이 생각나지 않을 수 없다. 🌸

## 억새와 갈대의 구별법

| | 억새 | 갈대 |
|---|---|---|
| | | |
| 생장 지역 | 산과 들녘의 마른 곳 | 습지와 물가의 젖은 곳 |
| 꽃 색깔 | 은빛·흰색·얼룩무늬 | 고동색·갈색 |
| 키 | 1~2m | 1.5~5m |
| 잎 모양 | 폭이 좁고 납작함 | 폭이 넓고 길쭉함 |

# 갈대꽃

물가에 피어난 호젓한 가을

갈대는 볏과에 속하는 여러해살이풀로, 북극부터 열대지방까지 물가에서 군락을 이룬다. 잎이 넓고 길며 키가 1.5~5미터로 자란다. 꽃은 8월 하순부터 9월에 걸쳐 피며 색깔이 차츰 자주색에서 갈색으로 변화한다. 꽃은 중심축에서 여러 개의 가지가 나와 15~40센티미터로 핀다. 뿌리줄기를 말린 노근蘆根은 위 운동의 활성화·이뇨·지혈 등의 약재로 쓴다.

### 갈대꽃 　　　　　　　　　　　　　　　　　蘆花

찬 못에 비가 내리니 푸른 물결 출렁이는데　　　　　雨入寒塘動碧漣
갈대꽃 활짝 피어 솜보다 희네.　　　　　　　　　　蘆花開盡白於綿
내 뜰에는 이제부터 기이하고 빼어남 많아져　　　　我園從此多奇絶

김홍도, 〈게가 갈대꽃을 탐하다 蟹貪蘆花〉, 간송미술관.


한 조각 강남의 풍광이 눈앞에 펼쳐지리.　　　　　　一片江南在眼前

— 서거정, 『사가시집』 권50


　집 안의 못가에 핀 갈대꽃을 보면서 이제부터 기이한 경치로 강남 지방의 풍광이 눈앞에 펼쳐질 것을 기대하는 마음을 담은 이 시는 솜처럼 흰 갈꽃의 모습을 실감 나게 묘사하고 있다. 갈대꽃의 이런 모습을 윤기는 〈갈대꽃 蘆花〉에서 "높은 곳에 올라 강가를 굽어보니, 갑자기 십 리가 희어졌네. 갈대꽃 핀 가을인 줄 모르고, 간밤에 눈이 내렸나 의심하네.登高俯江干 忽然十里白 不知蘆秋花 疑是雪夜落"라며 위 시보다 한층 더 확대하여 묘사하고 있다. 흐드러지게 피어난 갈꽃의 향연을 흰 눈이 내린 것처럼 착각하는 모습을 보여 주고 있다. 🍂

# 국화

## 꽃과 술과 차와 함께하는 가을

국화는 9~11월에 개화하는 대표적인 가을꽃이다. '매화·난초·국화·대나무'라는 사군자의 하나로 옛 문인들이 가장 사랑한 꽃이며, 그 명성에 걸맞게 중국의 도연명을 비롯하여 수많은 문인이 국화에 대해 많은 시문을 남겼다. 연꽃·매화·대나무와 함께 '사일四逸'로도 부르고, 모란·작약과 함께 '삼가품三佳品'이라고도 한다. 이에 국화를 '빼어난 벗〔逸友〕' 혹은 '아름다운 벗〔佳友〕'이라 불렀다.

### 국화를 읊다 두 수              詠菊 二首

| | |
|---|---|
| 봄의 신이 꽃 일을 맡아 교묘하게 새겼거늘 | 靑帝司花剪刻多 |
| 어찌하여 가을의 신이 또 꽃 일을 맡았는가? | 如何白帝又司花 |
| 가을바람 날마다 불어오는데 | 金風日日吹蕭瑟 |

어디서 따뜻한 기운 빌려다 꽃 피울까.　　　　　　借底陽和放艷葩

봄 힘 빌리지 않고 가을빛에 피었기에　　　　　　不憑春力仗秋光
차가운 꽃이 서리 겁내지 않네.　　　　　　　　　故作寒芳勿怕霜
술 가진 이 누가 너를 저버리겠는가?　　　　　　有酒何人辜負汝
도연명만이 그 향기 사랑했다 말하지 마라.　　　莫言陶令獨憐香

— 이규보, 『동국이상국전집』권14

　봄은 꽃의 계절이다. 많은 꽃들이 봄에 잎보다 먼저 핀다. 봄을 알리는 시들은 모두 꽃이 피는 모습을 노래한다. 그러나 국화는 꽃만이 아닌 잎조차 모두 져 버린 가을에 핀다. 양기가 사라지고 음기가 소슬한 계절에 힘들게 핀 꽃이기에 서리도 두려워하지 않고 그리 굳건할 수 있었나 보다. 그렇게 모든 꽃이 다 진 가을날 홀로 피는 모습에서 국화는 '은일'과 '절조'를 상징하는 존재가 되었다.

　또한 술을 좋아하는 문인들의 사랑을 한 몸에 받았는데, 특히 마지막 구절처럼 애주가 도연명은 국화를 사랑하는 시인의 대명사로 꼽힌다. 송나라 문인 주돈이도 〈애련설〉에서 "물이나 땅에서 자라는 풀이나 나무의 꽃은 정말 사랑스러운 것이 매우 많다. 그러나 진나라 도연명은 유독 국화를 사랑했다.水陸草木之花 可愛者甚蕃 晉陶淵明 獨愛菊"고 언급할 정도였다.

　일찍이 중국 삼국 시대 위나라 장수 종회鍾會는 〈국화부菊花賦〉를 지어 "국화는 다섯 가지 아름다움을 갖추고 있다. 높게 달린 둥근 꽃은 하늘의 지극함을, 순수한 황색은 후토后土의 빛깔을, 일찍 심어 늦

---

심사정, 〈자색 국화와 괴석紫菊怪石〉, 간송미술관. ▶

게 꽃을 피움은 군자의 덕을 나타낸다. 또 서리를 맞고 나서 꽃을 피움은 굳세고 올곧음을 보여 준다. 국화주는 몸을 가볍게 하니 신선의 음식이다.故夫菊有五美焉 圓花高懸 准天極也 純黃不雜 后土色也 早植晚登 君子德也 冒霜吐穎 象勁直也 流中輕體 神仙食也"라며 국화의 다섯 가지 덕을 읊기도 하였다.

옛사람들에게 국화를 즐기는 명절로는 '중양절重陽節'을 빼놓을 수 없다. 중양절은 음력 9월 9일로 '중구절重九節'이라고도 한다. 중국에서는 예부터 중양절이면 높은 산에 올라 수유 열매를 꽂고 국화주를 마시며 나쁜 기운을 물리쳤는데, 이러한 풍속을 '등고회登高會'라고 하였다. 당나라 시인 왕유가 9월 9일 산동에 있는 형제들을 생각하여 지은 시에 "홀로 타향에서 나그네 되어, 명절마다 부모님 생각 간절하네. 멀리서도 알겠네, 우리 형제들 높은 산에 올라, 수유를 두루 꽂고 한 사람 적다 하리라.獨在異鄕爲異客 每逢佳節倍思親 遙知兄弟登高處 遍揷茱萸少一人"(『왕우승집』 권14)고 한 데서 유래하였다.

우리나라에서도 홍석모의 『동국세시기』〈중양절〉을 보면, 다음과 같이 음식을 먹고 놀면서 즐겁게 하루를 보냈음을 알 수 있다.

누런 국화를 따서 찹쌀떡을 만든다. 삼짇날 만드는 진달래떡과 같은데, 화전이라고도 한다. 『서경잡기西京雜記』를 보면 "한 무제의 궁인 가패란賈佩蘭이 9일에 이餌를 먹었다."고 하였는데, 이는 우리말로 '떡'이다. 또 남송 맹원로孟元老의 『동경몽화록東京夢華錄』에 "도성 사람들은 중양절에 밀가루로 떡을 만들어 선물로 준다."고 하였으니, 지금의 국화떡은 여기서 비롯된 것이다. 배·유자·석류·잣을 잘게 썰어 꿀물에 담근 것을 화채라고 한다. 모두 명절 음식으로 제사에 올린다.

도성에서는 이날 남북의 산에 올라 먹고 마시며 즐기는 풍속이 있다. 이것은 높은 곳에 오르는 옛 풍속을 따른 것이다. 인왕산 동쪽의 청풍계, 남산 북쪽의 후조당 남한산·북한산·도봉산·수락산에 각기 단풍 구경 좋은 곳이 있다.

국화를 따서 떡을 만들어 먹었는데, 이를 봄에 먹는 진달래떡과 같은 것이라 하였다. 이러한 음식은 이익의 『성호사설』 권4 「만물문」 중 〈한궁기자漢宮棋子〉에도 자세히 설명되었다. 명대 문인 왕세정王世貞의 "밀가루 돈〔麵錢〕에 꽃을 박아 구워 만든 떡이다."라는 말을 빌려 오고, 지금 세속에서 '화전花煎'이라 하는 것으로, 봄에는 두견화, 가을에는 국화로 구워 만들어 중삼重三·중구重九날에 조상에게 드리는 것이라 하였다.

국화는 노란색·하얀색·자주색·붉은색 등 여러 가지 색깔로 피지

강세황, 〈사군자 및 행서〉 중 '국화', 국립중앙박물관.

만, 역시나 가장 대표적인 것은 노란색 황국이다. 우리나라의 국화 종류에 대해 옛사람들은 다음과 같이 정리하였다.

국화에는 연경황燕京黃과 연경백燕京白 두 가지가 있다. 연경황은 색이 누렇고 줄기는 흰데, 연경백은 빛이 희고 줄기는 누렇다. 개화는 모두 이르고 꽃이 피면 잎이 모두 말라 버리며 맛 역시 쓰다. 동방에 심는 국화는 명품이 많지 않다. '조홍鳥紅'이라 하는 것이 제일 귀하니, 빛은 붉고 꽃술이 있으며 번화하게 피지 않는다. 가장 늦은 것은 '학정홍鶴頂紅(붉은 학 정수리)'이라 하는데 희고 꽃잎이 고르지 않으며 오래되면 꽃송이가 점점 커져 질은 홍색이 된다. 약간 일찍 피는 것을 '규심홍閨深紅(규방 깊은 붉은 꽃)'이라 하는데 주황색이다. 이 세 가지를 서울 사람들이 가장 즐겨 심는다. '하연홍下輦紅'은 처음에 흰색이었다가 다음에는 열은 홍색으로 바뀐다. 가지와 덩굴이 너무 길어 이것은 하품이다. 또 '강성황江城黃'이 있는데 색이 누렇고 맛이 달아 '감국甘菊'이라고도 한다. '금은황金銀黃'이라는 것은 열은 황색으로 다소 일찍 핀다. 서울 사람들이 다투어 심는다. '하연황下輦黃'이라는 것 역시 열은 황색으로 하연홍과 같다. 이것은 하품이다.

—「해동잡록」, 〈본조〉(『대동야승』)

유박 또한 『화암수록』〈화목구등품제〉에서 국화는 "황색이 54품종, 흰색이 32품종, 붉은색이 41품종, 자주색이 27품종"이라고 하며, 그중 금원황과 취양비, 황학령과 백학령을 으뜸으로 삼는다고 하였다. 〈화품평론花品評論〉에서는 "순수한 원기요, 무한한 조화이다."라고 이르고, "금원황, 취양비는 꽃의 성인이고 학령 또한 성인의 경지

에 들기에 충분하다."고 국화를 평하였다.

국화는 차와 술로 마시고, 떡으로도 만들어 먹으며 약재로도 사용하였다. 『본초강목』에서는 국화의 효용에 대하여, 오랫동안 복용하면 혈기에 좋고 몸을 가볍게 하며 쉽게 늙지 않게 한다, 또한 위장을 편안히 하고 오장을 돕고 팔다리를 고르게 하며, 감기·두통·현기증에도 약효가 있다고 하였다.

그리고 국화꽃잎 말린 것을 속에 넣어 만든 '국침菊枕'이라는 베개를 베고 자기도 하였다. 중국의 『소창청기小窓淸記』에 따르면 "가을에 감국의 꽃을 따서 붉은 베주머니에 담아 베개를 만들어 사용하면, 머리와 눈을 맑게 할 수 있고 사특하고 더러운 기운을 제거할 수 있다."고 하였다.

"한송이 국화꽃을 피우기 위하여 / 봄부터 소쩍새는 / 그렇게 울었나 보다"로 시작하는 그 유명한 〈국화 옆에서〉의 시인 서정주 또한 국침에 대해 다음과 같은 글을 남겼다.

황국은 그 잠 다 깬 황금의 내부와 같은 빛깔이 어리지도 야하지도 화려하잘 것도 없어서 그 빛깔이 우선 낯익은 어여쁜 아주머니 같아서 남 같지 않은 게 좋지만 그 냄새에서는 또 우리에게 늘 영원에의 향수를 느끼게 하는 시골다움이 배어 나와서 좋다. 단군 할아버지의 어머니께서 사람 노릇 하다 식품으로 삼았다는 그 시골 중의 시골의 풀, 쑥과 한 계통의 냄새여서 좋다. 우리나라 사람들은 단군의 어머님을 본떠서 그러는지 장미보다도 화려한 무슨 꽃 냄새보다도 이 시골뜨기 쑥이나 국화 냄새라야 안심이 돼 국화꽃을 말려선 베개를 만들어서 일 년 내내 그 냄새를 잠자리에서도 맡고 지내지만, 이것은 저 먼 신시神市의 방향으로 향해서 우리를 늘 바로 하기 위해서는 당연한 선택으로 생각된다.

— 서정주, 〈국화 에필로그〉


이렇게 국화는 차와 술·떡·약, 심지어 베개까지 만들어 사용하는 등 그 쓰임이 매우 큰 꽃이다. 그러나 시인 묵객들이 그토록 국화를 사랑한 것은 역시나 모든 꽃이 다 지고 난 이후 홀로 피어 빛나는 그 아름다움 때문이리라. 🔼

홀로 가을을 맞이하네